ro
ro
ro

    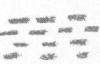 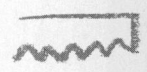

LOUISE ERDRICH

wurde 1954 als Tochter eines
Deutschen und einer Indianerin in
North Dakota geboren. Sie
studierte Literatur an der Univer-
sity of Dartmouth und schrieb
dann ihren ersten Roman: ein
Erfolg bei Kritik und Publikum.
Louise Erdrichs Werke sind im
Rowohlt Taschenbuch Verlag
erschienen.

Louise Erdrich

EIN JAHR MIT SIEBEN WINTERN

Aus dem amerikanischen Englisch
von Sylke Hachmeister

Mit Illustrationen der Autorin

Rowohlt Taschenbuch Verlag

Veröffentlicht im Rowohlt Taschenbuch Verlag GmbH,
Reinbek bei Hamburg, Oktober 2003
Die Originalausgabe erschien 1999 im Verlag Hyperion Books for Children,
New York, unter dem Titel «The Birchbark House»
Copyright © 1999 by Louise Erdrich
Copyright für die deutsche Übersetzung
© 2001 by Rowohlt Taschenbuch Verlag GmbH,
Reinbek bei Hamburg
Umschlaggestaltung any.way, Barbara Hanke
Umschlagillustration Felix Eckardt
Alle Rechte an dieser Ausgabe vorbehalten
Gesamtherstellung Clausen & Bosse, Leck
Printed in Germany
ISBN 3 499 21156 4

Die Schreibweise entspricht den Regeln
der neuen Rechtschreibung.

Für Persia,
deren Lieder Heilung bringen

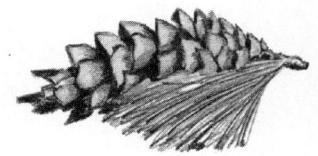

DANKSAGUNGEN

Meine Mutter Rita Gourneau Erdrich und meine Schwester Lise Erdrich haben die Geschichte unserer Familie recherchiert und auf beiden Seiten Vorfahren gefunden, die zu der Zeit, in der diese Geschichte spielt, auf Madeline Island gelebt haben. Einer von ihnen war Gatay Manomin, Alter Wildreis. Ihm und all seinen Nachkommen, meiner erweiterten Familie, möchte ich danken.

Der Name Omakayas taucht in einer Volkszählung am Turtle Mountain auf. Ich habe ihn gewählt, weil mir gesagt wurde, dass man diese alten Namen mit Leben füllen sollte. Liebe Leserinnen und Leser, wenn ihr diesen Namen einmal laut aussprecht, würdigt ihr damit ein Ojibwa-Mädchen, das vor langer Zeit gelebt hat.

Mit diesem Buch will ich versuchen, der Geschichte meiner Familie nachzuspüren. Mein besonderer Dank gilt Steve und Mary Cotherman und all den engagierten Leuten der Madeline Island Historical Society. Mom und Schwester Angie, euch danke ich dafür, dass ihr mich bei den Illustrationen immer wieder ermutigt habt. Vor allem möchte ich meiner Tochter Persia danken, die das Manuskript dieses Buchs gelesen und wichtige Verbesserungsvorschläge gemacht hat. *Apijigo megwetch*, Winona LaDuke. Durch sie habe ich angefangen nachzudenken. All meinen Ojibwa-Lehrern, Naawigiizis (Jim Clark), Jesse Clark, Dennis Jones und Lorraine Jones, Keller Paap und Lisa LaRonge, *apijigo megwetch*. Für alle Fehler bin ich selbst verantwortlich.

INHALT

BIBOON (Winter)

ZEEGWUN (Frühling)

SPIRIT ISLAND

Der einzige Mensch auf der Insel, der noch lebte, war ein Baby, ein kleines Mädchen. Die müden Männer, die gekommen waren, um Felle von den *Anishinabeg** abzuholen, standen betreten am Felsufer. Von ferne sahen die *Voyageure* zu, wie die Kleine im Kreis herumkrabbelte und dabei jämmerlich wimmerte. Zu einem winzigen Kleid aus guter blauer Wolle, das mit weißen Glasperlen und Schleifen verziert war, trug sie sorgfältig genähte neue Mokassins. Man konnte sehen, dass sie geliebt worden war. Man konnte auch sehen, dass es die Familie, die sie geliebt hatte, nicht mehr gab. Alle Feuer im Dorf waren

---

*Fremdwörter werden im Anhang erklärt.

kalt. Trostlos war es, wie die Toten dalagen, in Decken eingewickelt, als schliefen sie nur. Sie alle waren von den Pocken getötet worden.

Die Männer zitterten bei dem Gedanken daran, dass die Krankheit sich auch schon einen von ihnen ausgesucht haben könnte. Ganz bestimmt, murmelten sie, hat das Baby auch die Krankheit. *Sie ist krank. Sie sieht müde aus*, sagte ein Mann, als sie sich an eine der in Decken gehüllten Gestalten lehnte. *Kommt, wir lassen sie schlafen.* Vögel sangen, Dutzende winziger Weißkehlammern. Das plätschernde Tirilieren ihres lieblichen Gesangs stand in seltsamem Gegensatz zu dem stillen Grauen unter ihnen. Erst wandte sich ein Mann ab, dann die anderen. Sie stiegen wieder in ihre Kanus.

Als sie zur nächsten Insel paddelten, waren alle still, nachdenklich. Auf manchen Gesichtern lag ein harter Ausdruck.

Einer der Männer hatte Tränen in den Augen. Er hieß Hut; er dachte an seine Frau und beschloss, ihr von dem Baby zu erzählen. Wenn es irgendjemanden auf der Welt gab, der sich aufmachen und das kleine Mädchen retten würde, dann war es seine Frau. Er zitterte ein wenig, als er an sie dachte. Er konnte nichts dagegen tun. Sie hieß Talg, und manchmal machte ihr Zorn ihm Angst. Dann wieder verblüffte

ihn ihr Mut. Voller Scham verzog er das Gesicht –
denn im Gegensatz zu ihm fürchtete sich seine Frau
vor nichts und niemandem.

NEEBIN

(SOMMER)

ERSTES KAPITEL

EIN HAUS
AUS BIRKENRINDE

Man nannte sie Omakayas oder Kleiner Frosch, weil
ihr erster Schritt ein Hüpfer war. Sie wuchs zu einem leichtfüßigen Mädchen von sieben Wintern
heran, einem nachdenklichen Mädchen mit leuchtend braunen Augen und einem breiten Lächeln,
dem nur die beiden oberen Schneidezähne fehlten.
Sie berührte ihre Oberlippe. Sie hatte sich immer
noch nicht daran gewöhnt, dass diese Zähne weg waren, und wartete ungeduldig auf neue, erwachsene
Zähne, die ihr Lächeln vervollständigen würden. Genau wie ihr Namensvetter starrte Omakayas jetzt
lange auf den seidigen Sumpffleck en, bevor sie sich
zusammennahm und sprang. Ein kleiner Hügel. In

Sicherheit! Omakayas machte noch einen weiten Satz. Diesmal landete sie auf der äußersten Spitze eines alten Baumstumpfs. Dort verharrte sie balancierend und schaute sich um. Das Wasser der Lagune bewegte sich in glitzernden Sicheln. Die kleinen, mit Gras bewachsenen Sümpfe kräuselten sich. Klappschildkröten dösten in der Sonne. Die Welt war so still, dass Omakayas sich selbst blinzeln hören konnte. Nur der liebliche Ruf einer einsamen Weißkehlammer durchdrang die Kühle der Wälder.

Plötzlich schrie Großmutter.

»Ich hab ihn gefunden!«

Vor Schreck rutschte Omakayas aus, sie fuchtelte mit den Armen. Sie schwankte, doch irgendwie gelang es ihr, das Gleichgewicht zu halten. Zwei große Hüpfer, dann noch ein Satz und sie war auf dem Trockenen. Über federndes Laub und Moos ging sie in den Wald, wo die Ammern in feinem Wechsel Brutlieder sangen.

»Wo bleibst du?«, schrie Nokomis jetzt. »Ich hab den Baum gefunden!«

»Ich komme«, rief Omakayas ihrer Großmutter zu.

Es war Frühling, die Zeit, in der die Birkenrinde geschnitten wurde.

Den ganzen Winter über lebte Omakayas' Familie in einer Hütte aus süß duftendem Zedernholz am

Rande des Dorfs LaPointe auf einer Insel im Lake Superior, die ihre Leute *Moningwanaykaning* nannten, Insel des Goldbrustspechts. Jedes Jahr, sobald sich die Erde erwärmte, nahm das Haus aus Birkenrinde unter Nokomis' flinken Händen Gestalt an. Jetzt tanzte das gesprenkelte Licht der winzigen jungen Blätter auf Großmutters schönem Gesicht mit den zarten Runzeln. Mit der einen Hand schwenkte sie ihr scharfes Messer, das sie aus dem perlenbesetzten Beutel an der Hüfte genommen hatte. In der anderen Hand hielt sie Tabak. Nokomis war bereit, den Manitus zu opfern. Die Geister liebten Tabak. Omakayas schlug gegen den Baum, den ihre Großmutter gefunden hatte.

»Ja, genau das ist er! Der hier!«

Für ihre sieben Winter war Omakayas mager, drahtig und zäh. Mit einem großen morschen Stock schlug sie gegen den Stamm der Birke. Weiches Holz splitterte ab.

»*Booni!*«, schimpfte Nokomis. »Lass das!«

Sie ging zu dem Baum, legte ihre ledrigen, klauenartigen Hände auf die weiche Rinde und tastete sie prüfend ab. »Ja«, entschied sie dann und sah ihre Enkelin mit funkelnden Augen an. »Der ist gut.«

»Ist er schon so weit?«

»*Geget*«, sagte Nokomis. »Natürlich.«

Nokomis' Tabaksbeutel war mit blauen und weißen Perlen in Form einer Pfeife verziert. Diesen Tabaksbeutel hatte sie schon, seit Omakayas denken konnte. Während sie zu den Manitus sprach, nahm sie eine Prise Tabak heraus.

»Alte Schwester«, sagte sie zu der Birke, »wir brauchen deine Haut für unser Haus.«

Am Fuß des Baums ließ Nokomis ihre würzig duftende Opfergabe zurück. Dann nahm sie den Baum genau in Augenschein und überlegte, wo sie den ersten Schnitt machen sollte. Plötzlich stieß sie ihr scharfes Messer in die Rinde.

Omakayas trat zurück. Golden und grün gefiltertes Licht fiel auf ihre Gesichter. Winzige weiße Blumen lugten aus dem welken Laub hervor. An den schattigsten Stellen gab es immer noch Spuren von körnigem alten Schnee, doch an einigen Stellen war die Sonne richtig heiß.

Zack! Kaum hatte Großmutter ihre Schnitte gemacht, als die mit Frühlingswasser gefüllte Rinde schon fast vom Baum platzte.

Omakayas half ihrer Großmutter, die Rinde vorsichtig zu lösen, dann schälten sie Streifen für Streifen gemeinsam ab. Sie trugen die leichten rosabraunen Rollen aus dem Wald heraus, einen Pfad hinunter zu einer ganz bestimmten Stelle am Wasser.

An dieser Stelle errichteten sie das Haus aus Birkenrinde.

Auf dem feuchten Boden konnte Nokomis mit ihren alten Knochen nicht gut sitzen; deshalb breitete sie ihre braune Schilfmatte aus und setzte sich darauf, um die Rindenschalen zusammenzunähen. Omakayas half ihr: Sie führte feste Lindenfasern durch die Löcher, die Großmutter mit der Ahle gestochen hatte. In der Zwischenzeit banden Mama und Omakayas' große Schwester Angeline ein Gerüst aus gebogenen Weidenstöcken zusammen. Als schließlich das Licht schwächer wurde, befestigten sie die Rindenmatten an dem Weidengerüst, einem halben Gerippe aus biegsamen jungen Bäumen. Die Birkenmatten überlappten einander wie Schindeln, damit sie keinen Regen durchließen. Jede war an der nächsten befestigt; so konnten sie bei einem Sturm nicht davonwehen. Als das Haus ausgefegt, gestrafft und mit größter Sorgfalt eingerichtet war, zogen sie ein. Die Kinder – Omakayas' Bruder Kleiner Grapsch, Omakayas' große Schwester, die schöne Angeline, und Omakayas selbst – breiteten für sich und den Babybruder Neewo Felle um eine steinerne Feuerstelle aus. Mama und Nokomis hängten die rauchgefärbten Webtaschen mit Reis, Werkzeug und Medizin an die Weidenstöcke unter die Decke.

Omakayas und ihre Familie waren Anishinabeg und dies war ihre Insel. Ihr Vater, ihr *Deydey*, war im Pelzhandel tätig, und das bedeutete, dass er oft weg war. Dann war er mit den großen Kanus für die Pelzhandelsgesellschaft unterwegs, und manchmal stellte er auch selbst Fallen auf. Ihre Mutter, Gelber Kessel, hatte ein hitziges Temperament, doch sie lachte immer und nahm mit ihren klugen Augen alles um sie herum wahr. Gelber Kessel sah stark aus, und sie war schön. Ihr Lächeln war großzügig, rätselhaft, ein wenig schief und warmherzig. Was ihre Kinder betraf, entging ihr nichts – man konnte es unmöglich vor ihr verbergen, wenn man eine Arbeit nur halb erledigt hatte, und es wäre sinnlos gewesen, sich morgens davonstehlen zu wollen, bevor man Holz fürs Feuer gesammelt und Wasser für ihren Kochtopf geholt hatte. Und falls Mama doch einmal nicht bemerkte, wo ihre kleineren Kinder sich herumtrieben, war da noch Omakayas' große Schwester Angeline, der es ganz bestimmt nicht entging.

Angeline war klug, und sie war so hübsch, dass die Leute sich nach ihr umdrehten und sie anstarrten. Sie hatte dickes Haar und geschickte Hände. Ihre Perlen waren in ordentlichen Reihen gestickt. Ihre Stiche zeigten nicht die kleinste Unregelmäßigkeit. Sie ging und tanzte mit klaren, anmutigen Schritten. Sie war so perfekt, dass es Omakayas zur Verzweiflung trieb. Dennoch hoffte sie, dass sie selbst auch einmal so werden würde wie Angeline, und manchmal schämte sie sich dafür, dass sie Angeline auf Schritt und Tritt folgte wie ein Hündchen. Meistens war Angeline freundlich zu Omakayas und ließ es zu, dass sie hinter ihr hertrottete und sie aus der Ferne bewunderte. Aber es kam auch vor, dass ihre Worte beißend waren wie Wespenstiche, und dann vergoss Omakayas Tränen, von denen ihre Schwester nichts ahnte und die sie, wenn sie es denn geahnt hätte, vermutlich noch nicht einmal gekümmert hätten, denn wie die meisten sehr schönen Menschen konnte auch Angeline ein klein wenig hartherzig sein.

Omakayas' kleiner Bruder Grapsch war das einzige wirkliche Problem in ihrem Leben. Die traurige Wahrheit war – und das konnte sie keiner Menschenseele anvertrauen –, dass Omakayas Kleiner Grapsch nicht leiden konnte. Sie dachte, mit ihm könne irgendetwas nicht stimmen – so gierig und so laut, wie er war. Trotz seiner frechen und dreisten Art liebte Grapsch seine Mutter sehr und wich ihr nicht von der Seite. Er beanspruchte ihre ganze Aufmerksamkeit, sogar mehr als das Baby! Mit seinen dicken kräftigen Fingerchen klammerte er sich an Mamas Rock. Er schrie, wenn Omakayas nicht sofort ihre

Weidenpuppe hergab oder ihre kleinen Steinmännchen oder eigentlich überhaupt alles: Essen, besondere Treibholzstücke, die sie gefunden hatte, und sogar ihren liebsten Schlafplatz, neben Großmutter. Er
glaubte, *alles* stehe *ihm* zu.

Immerhin, an Neewo gab es rein gar nichts auszuset-
zen. Er war so süß, dass Omakayas oft spielte, er wäre
ihr eigenes Baby. Natürlich durfte sie ihn fast nie halten, denn er war noch ganz klein. Trotzdem war sie
sich sicher, dass er sie lieber hatte als Angeline und
lieber als Grapsch sowieso. Wenn Mama ihn hielt,
streckte er manchmal sogar seine Ärmchen nach
Omakayas aus, und wenn sie ihn dann nahm, quiekte
er vor Vergnügen.

Als es dunkel wurde, aßen sie Elcheintopf und fri-
sches Gemüse und Beeren aus *Makuks*. Alle leckten
sich die Finger und schleckten ihre Schalen aus.
Schließlich rollten sie sich in die warmen, flauschigen
Kaninchenfelldecken, die noch immer nach dem Zedernholz ihrer Winterhütte rochen. Sie waren froh
darüber, nah am Feuer zu sein, auf weichem Grasbo-
den unter einem Laubhimmel zu schlafen und, was
das Beste war, nah am Wasser. Mit dem seltsamen,
aber friedlichen und gleichmäßigen Geräusch der
plätschernden Wellen schliefen sie ein. Der frische

Wind über dem großen See verwehte den Rauch der Kochfeuer und vertrieb die Mücken, die in jaulenden Scharen auftraten und unter denen sie in der Stadt so gelitten hatten. Es war gut, hier zu schlafen, wo nicht die ganze Nacht die Dorfhunde kläfften und wo das einzige Geräusch, das ihre Träume störte, das beruhigende Heulen des Windes in den Kiefern war.

Natürlich war es nur beruhigend, wenn es nicht gerade stürmte.

Der Mond wurde schmal wie der weiße Rand eines Fingernagels, und der Mais schoss aus dem Boden. Die Blätter der Birken wurden so groß, dass sie im Wind flatterten. Und dann, eines Nachts, peitschte der erste Sturm dieses Sommers über die Insel und riss alle aus ihren Träumen.

Das Feuer war zu blinzelnden roten Augen heruntergebrannt, als Omakayas mit einem ungaten Gefühl erwachte. Etwas kam näher. Sie hatte einen Schritt gespürt. Omakayas schlief immer neben Großmutter, und jetzt rollte sie sich ganz nah an sie heran. In dem Geräusch des Windes lag ein einsames Drängen, und dann wurde alles still. In der Ferne hörte sie einen gewaltigen Schritt. Dann eine Stille, die lange anhielt. Dann wieder einen Schritt. Die Erde unter ihr bebte leicht, vibrierte, als läge sie auf einer riesigen Trommel.

Eine Trommel! Ihr fiel ein, dass Großmutter gesagt hatte, die Insel sei die Trommel der Donnerwesen. Jetzt kamen sie immer näher und ließen die Erde mit ihren Schritten erbeben. Das Gefühl von Einsamkeit verwandelte sich in Angst. Omakayas vergrub ihr Gesicht und versuchte nicht an Hexenfeuerbälle oder den Ruf von Großvater Eule zu denken. Sie versuchte auch, sich keine *Pakuks* vorzustellen, Skelette kleiner Kinder, die durch den Wald flogen, und auch nicht den eisigen Atem des Riesen *Windigo*, der mit knirschenden Schritten über die Erde stapfte und dabei Bäume umknickte. Noch ein Schritt. Noch einer und noch einer, und dann heulte der Wind wieder los. Regen klatschte gegen die festen Wände. Ein Lufthauch wirbelte die schlummernden Kohlen auf und warf hüpfende und kämpfende Schatten an die Wände des kleinen Hauses.

Die Weidenstöcke zitterten; sie wogten von der Wucht der Böen. Die Birkenrinde schabte und klapperte, doch die festen Nähte hielten sie zusammen. Omakayas vergrub das Gesicht. Der Donner grollte und krachte auf das Ufer des Sees, weckte mit seiner plötzlichen Gewalt alles und jeden auf. Der Sturm züchtigte die Erde und legte sich dann, bis er in sachtem Gemurmel erstarb. Jetzt hatten die dumpfen Donnerschläge in der Ferne etwas Tröstliches, und bevor die Geräusche ganz verebbten, war Omakayas schon wieder eingeschlafen.

Moningwanaykaning, die Insel des Goldbrustspechts, funkelte unschuldig nach dieser rauen Gewitternacht. Omakayas erwachte und machte sich sofort Gedanken. Was hatte der Sturm mit den Bäumen angerichtet? Was hatten die Wellen an den Strand gespült? Würden interessante Holzteile dabei sein, die sie als Puppen benutzen könnte? Was würde der Tag bringen? Ob die kleinen Beeren am Wegesrand schon reif waren? Da kam ihr ein unangenehmer Gedanke. War ihre Mutter mit dem Ausschaben und Gerben dieser scheußlichen Elchhaut wohl schon fertig, oder würde sie ihr helfen müssen? Ach, hoffentlich nicht. Bitte nicht! Es gab ein Sprichwort, das sie hasste. Großmutter sagte es allzu oft. »Jedes Tier«, sagte sie immer, »hat gerade genug Hirn, um seine eigene Haut zu gerben.« Mama gerbte die Elchhaut mit dem Hirn des Elchs, und Omakayas hasste das glibberige Gefühl an den Händen, ganz zu schweigen von dem langweiligen, endlosen Schaben und Reiben, das nötig war, damit die Haut weich genug für Mokassins wurde.

Von einem Feuer in der Mitte des Hauses stieg ein dünner Rauchkringel auf, der durch eine Sichel aus

Sonnenlicht im Dach verschwand. Könnte sie doch mit dem Rauch verschwinden! Sie hörte Mama und Großmutter schon draußen bei den Kochfeuern. Sie planten die Arbeit des Tages. Schon bald würde die triefende Elchhaut auf einen Rahmen aus Ästen gespannt sein, und Omakayas würde sie mit dem geschliffenen Hirschknochen abschaben müssen, den ihre Mutter in einem Bündel mit nützlichen Gegenständen neben der Tür aufbewahrte. Ihre Arme würden lahm werden; sie würden sich anfühlen, als wollten sie abfallen. Ihre Finger würden taub werden. Ihr Rücken würde wehtun. Der scheußliche Gestank würde in ihre Haut dringen. Und währenddessen würden die kleinen Vögel die Stelle mit den köstlichen Beeren finden, die niemand außer ihr kannte. Bis sie mit dieser verflixten Elchshaut fertig wäre, würden sie auch die letzten Beeren aufgefressen haben. Sie musste etwas unternehmen. Schnell!

Die Luft war frisch und duftete herrlich nach neuen Blättern, nach Pilzen, die gerade aus dem Boden geschossen waren, nach dem Fell von jungem Wild. Durch die Ritzen zwischen den Streifen aus Birkenrinde, die sie gestern zusammengenäht hatten, strömte die vom Regen gewaschene Luft herein. Wie eine gestreifte Schlange, wie ein Salamander oder vielleicht ein Eichhörnchen oder ein Waschbär – etwas Flinkes, Harmloses und Verzweifeltes – schob und schlängelte sich Omakayas unter den Wänden des Sommerhauses hindurch. Plötzlich saß sie fest. Hätte sie die Rinde doch bloß nicht so fest zusammengenäht! Und hätte Angeline doch nicht so gute Ohren, dass sie immer wusste, wo sie, Omakayas, sich gerade aufhielt. Da spürte Omakayas einen festen Druck im Kreuz. Der Fuß ihrer Schwester. Ihre Stimme voller Häme.

»*Neshemay!* Kleine Schwester! Nicht weghüpfen, Kleiner Frosch!«

Dann war ihre Mutter da, die gerade hinten ums Haus herumgegangen war. An einer Seite hing ihr das Haar noch offen herunter, während die andere Seite schon geflochten war. Überrascht schaute sie Omakayas an, die in der Falle saß, und sie konnte ihre Belustigung nicht verbergen: Ein Grinsen breitete sich auf ihrem Gesicht aus. Die bewunderte große Schwester und die geliebte Mutter lachten Omakayas aus! Gelächter von vorn und Gelächter von hinten – und plötzlich dröhnte das Gewitter der letzten Nacht wieder in Omakayas' Herzen.

Omakayas saß an der Kochstelle und aß langsam und mit Wut im Bauch eine Schale kalten Eintopf. Sie schlug die Zeit tot, bis es mit der verhassten Arbeit losgehen würde. Jetzt zog Mama mühsam die Haut aus dem Bach, wo sie sich mehrere Tage und Nächte mit grünlichem faserigem Schleim voll gesogen hatte. Den gefürchteten Rahmen aus Ästen hatte Mama schon aufgebaut, und daneben lagen Lederstreifen, mit denen sie die Haut festbinden würde, damit man sie bearbeiten konnte. Omakayas wusste, wie wichtig es war, die Haut zu gerben. Sie wusste, dass ihre Mutter den ganzen Sommer damit beschäftigt sein würde, die weiche geräucherte Haut zurechtzuschneiden und daraus Mokassins für den Winter zu nähen. Sie stellte sich vor, wie ihre Mutter die Naht an den Zehen zum Schluss wunderbar weich raffen würde, damit die Füße der Mädchen tanzen und hüpfen konnten. Sie stellte sich vor, wie Gelber Kessel sie mit Perlen verzieren, sie mit dem seidigsten Kaninchenfell und den Resten einer alten Wolldecke füttern würde. Ja, es war eine wichtige Arbeit, aber Omakayas wollte sie trotzdem nicht machen. Sie aß ihren Eintopf auf, wusch die Schale am Ufer des Sees mit Sand aus und wartete seufzend darauf, dass ihre Mutter sie bitten würde, den Hirschknochenschaber zu holen.

Doch ihre Mutter sagte etwas anderes.

»Ich brauche meine Schere!«

Omakayas richtete sich auf. Plötzlich war sie voller Tatendrang.

Alle wussten, dass Omakayas' Mutter eine Schere besaß, und die anderen Frauen borgten sie immer von ihr aus. Seit sie laufen konnte, war es Omakayas' erste Aufgabe gewesen, die Schere bei der Frau abzuholen, die sie gerade ausgeliehen hatte. Damit sie Omakayas' kleinen Fingern nichts anhaben konnte, steckte die Schere in einem perlenbesetzten Wolletui. Diese Aufgabe gefiel Omakayas nicht nur deshalb, weil sie von den Frauen manchmal eine Hand voll *Manomin*, Wildreis, oder ein Bröckchen Ahornzucker bekam, sondern auch, weil es unterwegs immer etwas zu sehen gab.

Ihre Schwester Angeline grub gerade neben den Fichten in der Erde und schnitt Wurzelstücke ab, mit denen man das Haus noch besser sichern und die man für Körbe benutzen konnte. Sie summte bei der Arbeit fröhlich vor sich hin, zufrieden darüber, dass sie Omakayas eine Lektion erteilt hatte. Aber, dachte Omakayas, sie würde es Angeline schon zeigen! Sollte sie ruhig arbeiten, bis ihr die Hände abfielen! Omakayas hatte jetzt etwas vor, das Spaß machte!

»Lauf zu Alter Talg und hol mir die Schere«, sagte Omakayas' Mutter. Bevor Mama es sich womöglich

31

anders überlegte und ihr einfiel, dass sie Hilfe für die stinkige Haut brauchte, rannte Omakayas ohne zu zögern davon.

ZWEITES KAPITEL

ALTER TALG

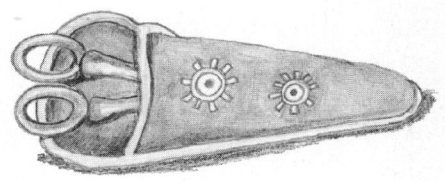

Wenn sie auch in der Stadt lebte, so war Alter Talg
durch ihre eigenartige starke Persönlichkeit doch so
abgeschottet, dass sie ebenso gut von einem riesigen
dunklen Wald hätte umgeben sein können. Sie hatte
nie Kinder gehabt, und ihre drei Ehemänner hatten
sich einer nach dem anderen über Nacht davonge-
stohlen, um auf Nimmerwiedersehen zu verschwinden. Keiner wusste so genau, womit Alter Talg sie damals vertrieben hatte. Es musste etwas Schreckliches
gewesen sein. Nachdem der letzte Mann verschwunden war, schien ihr Gesicht plötzlich alt geworden zu
sein, obwohl ihr Körper nichts an Kraft verloren
hatte. Sie war langgliedrig und über eins achtzig

groß. Sie war stark und mager und umgab sich mit wilden Tieren, die mehr Wolf als Hund und ihr grimmig ergeben waren. Einen Bären konnte Alter Talg mit ihrer Hundemeute, ihrer Flinte und sogar mit dem scharfen Speer zur Strecke bringen, mit dem sie immer zur Übung auf einen zersplitterten Baumstamm zielte. Die Hunde waren zäh wie Bullen, und vor allem bei dem gelben konnte man die Wolfsherkunft an den langen federnden Beinen deutlich erkennen.

Aus irgendeinem Grund schien Alter Talg sie, Omakayas, anders zu behandeln als andere Kinder. Sie schrie sie nicht an, überhäufte sie nicht mit Flüchen, jagte sie nicht weg und hetzte ihre Hunde nicht auf sie. Omakayas dachte sich, es liege vielleicht daran, dass Alter Talg ihre Mutter und ihre Großmutter respektierte. Ansonsten respektierte Alter Talg fast niemanden, deshalb war es doppelt bedeutsam. Die drei Frauen saßen oft in der Abenddämmerung zusammen und redeten. Außerdem teilte Alter Talg, die für ihr Leben gern jagte und darin sehr geschickt war, ihre Beute mit ihnen, wenn Deydey nicht da war. Dann fanden sie frühmorgens manchmal eine Rehkeule, Bärenfleisch oder ein, zwei Fische im Hauseingang. Jetzt fiel Omakayas ein, dass sie Alter Talg auch die Elchhaut zu verdanken hatten. Alter Talg verteilte ihre Gaben gern nachts, und das war auch so eine Sache. Die meisten anderen Leute hassten es, nachts herumzulaufen, wenn Großvater Eule *rukuh, rukuh* rief und alles Mögliche passieren konnte.

Aber Alter Talg fürchtete sich natürlich vor nichts und niemandem.

Vorsichtig, wegen der Hunde, näherte sich Omakayas der Hütte von Alter Talg. Einen Moment blieb sie am Ende des Pfades stehen und nahm ihren ganzen Mut zusammen, bevor sie um die Ecke bog. Besonders einer der Hunde schien sie nicht leiden zu können: der große gelbe. Omakayas bemühte sich, ihn nicht zu erschrecken und ihm nicht zu lange in die bösartigen trüben Augen zu schauen. Einmal hatte er nach ihr geschnappt und einen Ärmel ihres Kleides zerrissen. Jetzt stand er da und versperrte ihr den Weg zum Haus von Alter Talg. Omakayas riss sich zusammen und atmete ruhig. Sie ging weiter und schob ihn zur Seite, als kümmerten sie seine triefenden Zähne nicht. Sie bereitete sich darauf vor, ihm einen harten Tritt zu verpassen, falls er angriff, und ging an ihm vorbei, ohne ihre Angst zu zeigen. Der Hund sträubte das Fell, knurrte abscheulich und bleckte dabei die Zähne, ließ sie jedoch vorbei. Die anderen Hunde – der schwarze, der braune mit dem Stummelschwanz, der kleine weißliche und der klägliche orangefarbene Wicht – guckten nur wachsam und betrachteten sie ohne besonderes Interesse.

Alter Talg hatte eine kleine ordentliche Hütte aus Baumstämmen, die mit festem Lehm abgedichtet waren. Neben der Tür stand eine Bank aus einem Baumstamm. Und auf dieser Bank saß Alter Talg und rauchte ihre Pfeife. Ein wohlriechender Kringel von süßem *Kinnikinnick*-Rauch stieg aus dem roten Pfeifenkopf auf. Als hätte sie gewusst, dass Omakayas wegen der kostbaren Schere kam, hatte Alter Talg sie auf dem Schoß. Sie lag wohlbehalten in dem perlenverzierten Etui aus roter Handelswolle.

»*Ahneen*, du kleine Dürre«, knurrte Alter Talg.

Wie Stöcke staken Alter Talgs Beine unter ihrem Kleid hervor, und die zerfetzten Mokassins flatterten um ihre wippenden Füße, während sie ungeduldig an der Pfeife zog. Mit riesigen Händen stopfte sie die Pfeife; ihre Arme waren lang und kräftig. Das alte blaue Kleid, das sie trug, war am Kragen mit Fuchszähnen verziert, die den zerschlissenen Saum halb umrahmten. Auf ihren Galoppjagden durch die Wälder machten Alter Talgs Kleider einiges mit, und sie verbrauchte ein Paar Mokassins nach dem anderen. Auch jetzt ragte eine Zehe durch die brüchige Naht hervor. Ihre Zöpfe steckte sie hoch und verbarg sie unter einem Männerhut, dem breitkrempigen Hut eines weißen Mannes. Ohne diesen Hut sah man sie fast nie, sogar im Haus trug sie ihn. Im Hutband steckte eine kleine Feder mit goldenem Kiel. Es war die Feder des Goldbrustspechts, des Vogels, der dieser Insel seinen zwitschernden Gesang und seinen Namen gegeben hatte.

»Du willst die Schere!«, sagte Alter Talg kurz angebunden, aber nicht unfreundlich.

»Ja«, sagte Omakayas, die erleichtert war, Alter Talg draußen anzutreffen. Der gelbe Hund wusste, dass er Omakayas nicht einschüchtern durfte. Und jetzt schimpfte Alter Talg ihn auch aus.

»Du«, schrie sie den knurrenden Hund an. »*Booni!* Lass sie in Ruhe. Ich warne dich jetzt zum letzten Mal! Wenn du sie anrührst, bist du tot!«

Der gelbe Hund drehte sich um, zuckte die Schultern und duckte sich bösartig, ohne Omakayas aus den Augen zu lassen. Sie meinte zu hören, wie er sagte: *Beim nächsten Mal bist du dran! Warte nur, bis wir beide allein sind, dann wirst du schon sehen!*

Erleichtert ging Omakayas an den anderen Hunden vorbei und direkt auf die alte Frau zu.

»*Ahneen*, Tante«, sagte sie. »*Mino aya sana.*«

Sie wünschte der alten Frau gute Gesundheit und nannte sie zum Zeichen der Zuneigung Tante, obwohl sie sich nicht so ganz im Klaren darüber war, was sie für sie empfand. Nach dieser Begrüßung wartete sie höflich ab. Alter Talg lächelte, nickte und blies einen Rauchschwall durch die Nasenlöcher. Dann langte sie mit der Hand in den Beutel an ihrer Taille. Sie kramte ein bisschen darin herum und brachte einen kleinen schmutzigen Klumpen Ahornzucker zum Vorschein, einen herrlichen steinharten Brocken.

»Der ist für dich«, sagte sie mit einer Stimme, die brüchig und trocken klang, als wäre sie gesalzen. »Und das hier auch.« Sie überreichte Omakayas die Schere, schickte sie mit einer Handbewegung wieder weg, und weil Alter Talg damit für ihre Verhältnisse schon freundlich gewesen war, ging Omakayas zufrieden davon.

Bevor sie den Pfad nach Hause betrat, spülte Omakayas den alten Ahornklumpen im See ab. Danach sah er wunderschön aus: weichgolden, durchsichtig und mit dunklen Flecken. Und süß. Ihren Schatz in ein Blatt eingewickelt, trat Omakayas den Rückweg an. Während sie ging, dachte sie nach. So eine harte Zuckernuss ließ sich unmöglich teilen. Wie sollte man sie entzweibekommen? Omakayas entschied, dass sie deswegen zu Hause keinen Ärger wollte. Außerdem schien es ihr plötzlich das Beste zu sein, dass wenigstens einer in der Familie auch wirklich etwas von dem Ahornzucker hatte. Sie würde sich das ganze Ding in den Mund stecken, alles auf einmal! Damit wäre das Problem gelöst. Mmmmm! Der Klumpen war köstlich, er schmeckte nach Frühlingssüße und dem Inneren der Bäume. Außerdem, rechtfertigte sich Omakayas, als sie zufrieden weiterging, würde der zuckrige Geschmack sie davon abhalten, all die Beeren aufzuessen, die sie auf dem Pfad ganz bestimmt finden würde.

Omakayas' Füße gingen erst langsamer und dann noch langsamer. Erstens wartete zu Hause die Elchhaut auf sie. Zweitens war sie immer noch wütend auf ihre große Schwester und hatte keine Lust sie zu sehen. Sie spürte immer noch den Fuß ihrer Schwester, der sich hasserfüllt in ihren Rücken gedrückt hatte. Wenn sie doch nur etwas wüsste, womit sie Angeline beeindrucken, ihren Neid erregen könnte, sie dazu bringen zu sagen: »Kann ich ein paar von deinen Beeren haben, ach bitte, bitte, bitte?« Dann würde sie sehen, dachte Omakayas – und ihr Gesicht nahm einen entrückten, hochmütigen Ausdruck an –, dass ich mir mit der Antwort viel Zeit lassen würde! Aber das Schlimmste war, dass ihre Schwester für gewöhnlich zu ihr hielt. Sie half ihr, Streiche auszuhecken, die sie den anderen Kindern im Dorf spielen konnte;

sie half ihr Farn zu sammeln oder Kaninchen zu fangen, suchte mit ihr in den Grabhäusern nach Zucker oder Essen, das die Leute für die Geister dagelassen hatten; sie riss sich die Kleider vom Leib, um mit Omakayas schwimmen zu gehen. Deshalb tat es Omakayas so weh, von ihrer großen Schwester ausgelacht zu werden. Und weil sie so verletzt war, wünschte sie einerseits, dass Angeline überrascht lächelte, stolz auf sie war und sie beneidete – und andererseits, dass sie sich für ewig und alle Zeiten schlecht fühlte und ihr Verhalten bereute. Aus diesem Grund nahm Omakayas einen Umweg und suchte an den sonnigen Waldrändern nach *Odaemin*, kleinen roten Herzbeeren, die dicht am Boden wuchsen.

Vorsichtig nahm sie den harten süßen Klumpen aus dem Mund und wickelte ihn wieder in das Blatt in der Tasche ihres Kleides. Der Geschmack des Ahornsirups verflüchtigte sich gerade auf ihrer Zunge, als sie sich vorbeugte, zarte Blätter auseinander bog und massenweise kleine rote saftige Beeren fand. Mmm! Eine, zwei, drei. Jetzt hatte sie schon eine riesige Hand voll gegessen. Noch eine. Sie grinste bei der Vorstellung, dass sie ihre Schwester nachher zu der Stelle mitnehmen würde, um gemeinsam mit ihr die Sträucher zu plündern, aber nur, wenn Angeline nett zu ihr wäre.

Plötzlich ließ ein Rascheln und dann ein dumpfer Schlag im Gebüsch Omakayas erstarren. Eine ganze Weile verstrich, während sie ins dunkle Laub starrte. Rums! – da sprangen zwei Bärenjunge aus dem Gebüsch und purzelten wie zwei Wollknäuel Hals über Kopf auf Omakayas zu. Sie waren so schnell, dass sie Omakayas erst sahen, als sie schon fast in ihrem Schoß gelandet waren. In ihrem Schreck, der sie ziemlich komisch aussehen ließ, versuchten sie abzubremsen. Der eine fiel platt auf die Schnauze, stieß sich dabei die Nase und quiekste. Der andere drehte sich in der Luft und plumpste zu Boden. Verwirrt schüttelte er den Kopf.

Die beiden Bärenjungen sahen Omakayas an. Ganz langsam streckte sie ihre geöffnete Hand aus, die mit Herzbeeren gefüllt war. Neugierig sprangen die Bären auf Omakayas zu, dann verließ sie der Mut. Sie trippelten zurück und krochen dann langsam wieder vor. Der kleinere der beiden schien etwas vorwitziger zu sein und schnupperte an Omakayas' Hand.

Er nahm eine Beere, dann sprang er zurück, als habe er Angst, zu übermütig geworden zu sein. Doch der Geschmack der Beere schien die Angst zu vertreiben. Jetzt stolperten die beiden gespielt böse und knurrend auf sie zu. Mit ihren langen rosa Zungen schleckten sie ihr jede einzelne Beere aus der Hand;

gierig schnappten sie ihr die Beeren aus den Fingern, sobald sie neue gepflückt hatte. Das Spiel schien ihnen zu gefallen. Es hätte noch Stunden so weitergehen können, wenn Omakayas sich nicht aufgerichtet hätte. Da sprangen sie erschrocken zurück. Mit ihren pummeligen Hinterteilen rollten sie herum wie Spielbälle, und Omakayas musste laut lachen. Sie begriff, dass die Bären gedacht hatten, Omakayas sei nicht größer als sie selbst. Sie schienen so erstaunt zu sein wie Omakayas damals, als sie zum ersten Mal gesehen hatte, wie der Händler Cadotte ein Guckglas auseinander gezogen hatte, ein langes, glänzendes Ding, das er Fernrohr nannte und das in seinen Händen größer und größer wurde.

Sie ging wieder in die Hocke.

»*Ahneen*, kleine Brüder«, sagte sie freundlich zu den Bären, und da kamen sie wieder näher heran.

Sie schaute sich um. Kein Muttertier. Omakayas wusste wohl, dass sie den Bären nicht so nahe kommen durfte, aber diese hier schienen verlassen zu sein. Sie schaute sich wieder um. Sie waren Waisen! Vielleicht war das Fell der Bärenmutter jetzt über dem Bett von Alter Talg ausgebreitet, obwohl Omakayas nichts davon gehört hatte, dass in letzter Zeit ein Bär erlegt worden war. Trotzdem, kein Muttertier in Sicht. Und diese Kleinen hier hatten solchen Hunger. Da würde die große Schwester aber aus dem Häuschen sein, wenn Omakayas mit diesen beiden neuen Brüdern nach Hause käme! Eifrig begann Omakayas ihre triumphale Rückkehr zu planen. Zusammen mit den Bärenjungen würde sie die kleine Lichtung betreten, einer würde vorneweg marschieren und einer würde ihr auf den Fersen folgen. Alle würden beeindruckt zur Seite treten. Sie würde die Bärenjungen viermal ums Feuer herumführen, bevor sie einen von ihnen Angeline vorstellte, die sie mit neuem Respekt betrachten würde.

Es geschah ohne Vorwarnung. Eben noch hatte Omakayas mit einem belaubten Zweig gewackelt und ihn so über den Boden gezogen, dass die kleinen Bären hinterhersprangen und wild hineinbissen. Im nächsten Augenblick fand sie sich auf dem Rücken liegend wieder, zu Boden gedrückt von einem riesigen, starken, schweren Etwas, das einen entsetzlichen Gestank ausdünstete. Es war die Bärin, die Mutter. Sie blies einen schalen Atem von vergammelten alten Hirschhäuten, stinkendem Zehrwurz und verrotteten Pilzen auf Omakayas herab. *Owah!* Erstaunlich war – aber das fiel Omakayas erst später auf –, dass sie, ohne eine Erinnerung daran zu haben, die Schere aus dem Etui genommen und geöffnet hatte, die Spitzen auf das Herz der Bärin gerichtet. Doch sie gebrauchte sie nicht als Messer. Sie wusste genau, dass sie sich nicht bewegen durfte. Falls die Bärin anfangen würde zu kratzen und zu beißen, musste sie ihr die Schere mit aller Kraft genau zwischen die starken Rippen rammen, sie ganz tief bis zu den runden Griffen hineinstoßen und dann, wenn es irgend möglich war, wegrennen, während sich die Bärin in Todesqualen winden würde. Falls sie nicht entkommen konnte, das wusste Omakayas, musste sie sich zu einer Kugel zusammenrollen und den Zorn der Bärin über sich ergehen lassen. Dann würde sie wahrscheinlich von Kopf bis Fuß zerkratzt werden, in Stücke gebissen, über den ganzen Boden verteilt.

Omakayas wusste, dass sie sich, bis die Bärin die erste Bewegung machte, reglos verhalten musste, so reglos, wie es nur eben ging mit einem so angstvoll pochenden Herzen.

Sehr lange untersuchte die Bärin sie mit allen Sinnen, starrte mit ihren schwachen Augen auf sie herab, horchte und, das vor allem, schnüffelte. Die Bärin roch den Hirscheintopf, den Omakayas am Morgen gegessen hatte, das Gewürz von wilden Zwiebeln und das staubige Stückchen Ahornsirup von Alter Talg, das in ihrer Tasche steckte. Omakayas hoffte inständig, dass die Bärin nicht die Bären jagenden Hunde roch oder die Bärenkralle, die an einer silbernen Creole von Alter Talgs Ohrläppchen herabhing. Vielleicht roch die Bärin die sanfte Berührung von Mamas und Großmutters Kamm aus Knochen und Fichtenholz, die Liebkosungen von Omakayas' Babybruder, die Häute und Matten, in denen sie geschlafen hatte, und Kleiner Grapsch, der letzte Nacht gejammert und geschluchzt hatte. Die Bärin roch das Fett eines Bärenvetters auf Omakayas' Haut, das die Mücken fern halten sollte. Fisch von vorgestern Abend. Die Beeren, die sie gegessen hatte. Die Bärin roch alles.

Omakayas konnte nicht verhindern, dass auch sie die Bärin roch. Bären fressen alles, und dieser hier hatte gerade etwas Uraltes und Faules gefressen. *Hiyn!* Omakayas atmete so flach wie möglich. Vielleicht um sich von dem fauligen Gestank abzulenken, den die Bärin ausdünstete, klappte sie versehentlich die Schere zu und schnitt dabei eine winzige Strähne Bärenfell ab, und dann, um das Entsetzen über diesen Fehler zu verbergen, fing sie an zu reden.

»*Nokomis*, Großmutter«, sagte sie zu der Bärin. »Ich wollte euch nichts tun. Ich hab nur mit deinen Kindern gespielt. *Gaween onjidah*. Bitte verzeih mir.«

Die Bärin knuffte Omakayas, aber nur zur Warnung;

sie wollte ihr nicht wehtun. Dann lehnte sie sich schnüffelnd zurück, als könnte sie die Bedeutung der menschlichen Worte erschnuppern. Ermutigt fuhr Omakayas fort.

»Ich hab ihnen ein paar Beeren gegeben. Ich wollte sie mit nach Hause nehmen, sie adoptieren, sie sollten als meine kleinen Brüder bei mir wohnen. Aber jetzt, wo du da bist, Großmutter, gehe ich ohne einen Mucks nach Hause. Diese Schere, die ich in der Hand halte, ist nicht zum Töten gedacht, nur zum Schneidern. Mit deinen Zähnen und Klauen kann sie es sowieso nicht aufnehmen.«

Und Omakayas' Stimme zitterte denn auch ein wenig, als die Bärin tief in der Kehle einen gurgelnden Laut hervorstieß und die langen, krummen gelben Zähne bleckte, mit denen sie so gut beißen und reißen konnte. Doch nachdem sie alle Gerüche aufgenommen und untersucht hatte, schien die Bärin zu dem Schluss gekommen zu sein, dass Omakayas keine Bedrohung für sie darstellte. Wie ein riesiger Hund setzte sie sich auf die Hinterbacken. Sie schwang den Kopf herum und gab einem der beiden Kleinen einen Klaps, der ihn von Omakayas wegtaumeln ließ. Es war, als wollte sie den beiden Jungen erklären, dass sie sich diesem menschlichen Tier nicht hätten nähern dürfen und sich jetzt von ihm fern halten sollten. Omakayas' Herz zog sich schmerzlich zusammen. Obwohl sie jetzt wusste, dass sie mit dem Leben davonkommen würde, spürte sie den Verlust ihrer neuen Brüder.

»Ich würde ihnen nie etwas tun«, sagte sie wieder.

Die kleinen Bären lehnten sich an die Mutter und klammerten sich an sie. Eine lange Zeit saß die große Bärin ruhig mit ihnen da und überlegte, wohin sie gehen sollte. Dann erhoben sich die drei gemächlich wie ein einziges Stück braunes Fell. Einer der kleinen Bären tanzte aus der Reihe und versuchte, sich Omakayas wieder zu nähern. Der andere sah sehnsüchtig zu ihr hin, doch die große Bärenmutter führte sie den Pfad hinunter.

DRITTES KAPITEL

DIE RÜCKKEHR

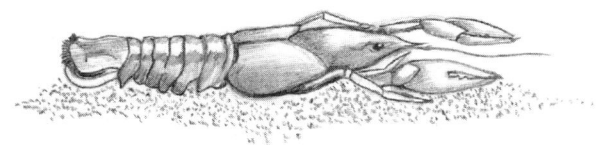

Nachdem sie mit der Schere zurückgekehrt war, nahm Omakayas wortlos den Hirschknochen aus der Ledertasche ihrer Mutter und begann ungefragt die Elchhaut zu bearbeiten. Ihre Mutter sah sie ein wenig überrascht an, sagte jedoch nichts. Angeline sagte, eigentlich habe sie diese Arbeit machen wollen, doch Omakayas schüttelte nur den Kopf.

»Geh du ruhig schwimmen«, sagte sie zu ihrer Schwester, »und guck, was die Wellen heute Nacht angespült haben. Fang ein paar *Ashaageshinh*, Flusskrebse, aber nimm dich vor ihren Scheren in Acht. Mir macht es nichts aus, hier zu helfen.«

Angeline und Mama sahen Omakayas an, als hätten

sie nicht richtig gehört. Doch als Omakayas ihre Worte mit einem Nicken bekräftigte und als auch Mama nickte, zuckte Angeline freudig zusammen. Sie musste jetzt jeden Tag Erwachsenenarbeit machen und hatte kaum Zeit zum Spielen. Angeline sah ihre Mutter hoffnungsvoll an, die sie mit einer Handbewegung zum Seeufer schickte. Da rannte Angeline davon, sie hüpfte und sprang in ihren leichten Sommermokassins, und ihr altes Kleid aus weichem Handelsstoff flatterte.

Baby Neewo schlief in seinem *Tikinagun*. Kleiner Grapsch ermordete seine Weidenmännchen wieder und wieder mit einem Stein. Omakayas konzentrierte sich jetzt auf die Arbeit unter ihren Händen. Sie musste darüber nachdenken, was mit ihr geschehen war. Stumpfsinnige Arbeit war jetzt genau das Richtige. Sie seufzte über den Gestank und die summenden Fliegen. Immerhin wehte heute eine Brise, die den Gestank vertrieb. Während sie die Haut schabte, ließ sie die Gedanken schweifen.

Je länger sie über die Begegnung mit der Bärenmutter nachdachte, desto mehr gelangte Omakayas zu der Überzeugung, dass zwischen ihnen beiden etwas geschehen war, das sie nicht begriff. Es hatte nichts mit Worten zu tun. Vielleicht hatten sie sich über Gerüche miteinander verständigt. Oder vielleicht in einer Sprache der Gefühle. Ihre Panik – das Mitleid der Bärin. Vielleicht war es der Rat ihrer Großmutter, der ihr das Leben gerettet hatte. Nokomis hatte ihr erklärt, dass der Bär mit dem allergrößten Respekt angesprochen werden müsse, als geschätzter Verwandter, dass der Bär menschliche Eigenschaften habe und dass niemand ihn ganz verstehen könne. Dass die Bären jedoch die Menschen sehr wohl verstünden.

Omakayas wusste, dass ein Bär, wenn er getötet und gehäutet war, einem Menschen beängstigend ähnlich sah. Sie hatte auch davon gehört, dass Bären ebenso wie Menschen lachen und weinen konnten. Großmutter hatte einmal gesehen, wie eine Bärin ihr Junges in den Armen gewiegt hatte, genau wie Menschen es tun. Niemand auf der Insel hätte jemals einen Bärenknochen weggeworfen. Jeder einzelne Knochen wurde ehrfürchtig aufgehoben, und dann wurden sie alle zusammen begraben. Auf einem Bärenfest wurde der Totenkopf des Bären mit Bändern verziert und auf einem besonderen roten Tuch ausgestellt; man sprach zu ihm und verehrte ihn.

Ja, etwas an dem Geschehenen ließ Omakayas sehr still werden. Als sie die Haut ausschabte und dabei Fleisch und Knorpel abhobelte, breitete sich in ihrem Innern ein leeres, seltsam mattes Gefühl aus. Ein Gedanke tauchte auf. Eine Stimme kam näher. Ab und zu passierte ihr das. Dann kam ein Schwindelgefühl über sie. Wenn sie ganz genau darauf achtete, hatte sie hinterher etwas Besonderes erfahren, als hätte sie zwei Geister bei einer Unterhaltung belauscht.

Mit zusammengebissenen Zähnen schabte sie weiter und hielt ihre Gedanken fest, denn jetzt spürte sie wieder die starke Bärenmutter über ihrer Schulter. Obwohl da keine Worte waren und kein Hauch ihrer Gegenwart, keine Bärenlaute und keine Spuren, wurde es Omakayas leicht ums Herz. Als sie ihre Arbeit unterbrach, wusste sie, dass die Bärin sie besucht hatte. Sie wusste, dass die Bärin ihr bis nach Hause gefolgt war. Sie wusste, dass sie die Bärin jetzt immer würde rufen können, wenn sie sie brauchte. Die Bärin hatte etwas verstanden, was Omakayas gesagt hatte, und Omakayas hatte etwas verstanden, was die Bärin gedacht hatte, und obwohl sie all das nicht genau hätte benennen können, machte sich Omakayas mit klarem Kopf und leichten Händen wieder an die Arbeit.

Den ganzen Nachmittag arbeitete sie so hart, dass ihre Großmutter, die sie aufmerksam beobachtete, großes Aufhebens davon machte, was Omakayas zustande gebracht hatte. Sie sagte, Omakayas habe ihre Arbeit so gut gemacht wie eine erwachsene Frau. Ihre

Mutter versprach ihr ganz besondere Mokassins für den Winter, und Angeline flocht ihr sogar eines von ihren roten Bändern ins Haar.

Neewo bedeutet »Vierter«, und so nannten sie das Baby, doch bald, sagte Großmutter, müsse es einen richtigen Namen bekommen. Bis jetzt war der winzige Junge ein Geist, der gekommen war, um bei ihnen zu leben, und noch entscheiden musste, ob er bleiben wollte oder nicht. Großmutter sagte zu Omakayas, sie solle vorsichtig mit dem kleinen Neewo umgehen, denn er könnte sich ja auch noch entscheiden, zu dem anderen Ort zurückzukehren, falls seine große Schwester gemein zu ihm wäre. Deshalb behandelte Omakayas den Kleinen besonders sanft. Ganz vorsichtig wiegte sie ihn in seinem von Ästen gehaltenen *Tikinagun*. Weiches Moos und trockenes altes Eichenholz, das sie sammelte, benutzte sie als Windeln und als Unterlage für die Kindertrage. Sie wackelte mit dem kleinen Netz aus Sehnen und ließ die Tabakfäden und die hübschen Teile aus Birkenrinde baumeln, die Großmutter an die oberste Stange des *Tikinagun* gehängt hatte. Wenn Mama nicht hinsah, steckte sie Neewo winzige Stückchen vom besten Essen in den Mund. Sie fühlte, wie die Liebe für das Baby ihr Herz durchströmte, und sie bat ihre Mutter ihr zu erlauben, Neewo herauszunehmen und ihn auf der Hüfte zum See zu tragen.

Doch ihre Mutter lächelte, strich Omakayas sanft übers Haar und schüttelte den Kopf. *Gaween*. Nein. Dafür war sie noch zu klein. Großmutter gab ihr stattdessen die Weidenpuppe, sagte ihr, sie solle das Baby schlafen lassen und mit Kleiner Grapsch spielen. Aber Omakayas wusste, was das hieß. Grapsch würde ihr auf den Rücken springen und »*N'dai*« – »Vorwärts!« – brüllen. Er würde sie an den Zöpfen ziehen. Er würde sie als Zielscheibe für seine Pfeile benutzen. Er würde die Steinkinder und die Steinmännchen umstoßen, die sie mit viel Mühe aus den Kieseln vom Seeufer gebastelt hatte. Er würde das Dorf ihrer Steinmännchen unten am Strand zerstören. Nein, sie wollte nicht mit ihm spielen! Mit Kleiner Grapsch? Niemals!

Nach dem Besuch der Bärin verging der halbe Sommer wie im Flug. Omakayas blieb nachdenklich. Jeden Tag half sie das Maisfeld zu hacken, ohne sich je zu beklagen. Sie war freundlich, geduldig und arbeitete hart. Aber sie war auch tief in ihre eigenen Gedanken versunken. Sprach man sie an, zuckte sie zusammen; sie ging früh zu Bett und schlief lange, träumte heftig, konnte sich an ihre nächtlichen Abenteuer jedoch nie erinnern. Und sie hatte auch diese Augenblicke, in denen sie vom Schwindel übermannt wurde und die ihrer Großmutter zufolge bedeuteten, dass sie für die Geister etwas Besonderes war. Eines Tages sagte die Mutter zur Großmutter: »Wenn sie nicht so jung wäre, würde ich ihr Kohle ins Gesicht streichen.«

Mit ihren tiefen, weit blickenden Augen schaute Großmutter Omakayas an. Mit ihrem Blick schien sie das Innerste ihrer Enkelin nach außen zu kehren. Sehr lange schaute sie Omakayas so an, dann schüttelte sie den Kopf. Nein. Noch nicht. Wenn eine Mutter ihrem Kind Kohle ins Gesicht strich, war das ein Zeichen dafür, dass das Kind bereit war zu hungern, um eine Vision, um Kraft zu erlangen. Ein Kind mit geschwärztem Gesicht aß tagelang nichts und lebte allein im Wald, bis die Geister sich seiner erbarmten und ihm mit einer besonderen Vision heraushalfen, einer besonderen Begegnung, einer Botschaft.

Doch Großmutter zufolge war Omakayas dafür noch zu jung, also schürte Mama das Feuer und sorgte sich. Es gab auch so schon genug, worüber sie sich Gedanken machen musste, und dazu gehörte ein Name für Neewo, der allmählich ungeduldig wurde und versuchte, aus seiner Trage herauszuklettern, als könne er es nicht mehr abwarten, endlich seinen Namen zu bekommen.

Auf der Insel gab es sieben oder acht Personen, die das Recht hatten, Namen zu vergeben. Eine von ihnen war Tante Bisam. Tagdonner, Schwan, Alter Migwans und eine alte Dame namens Waubanikway konnten Namen träumen. Mama hatte jede von ihnen gebeten, und sie hatten es alle versucht. Aber bisher hatte niemand einen Namen für Neewo geträumt.

»Aus irgendeinem Grund«, sagte Tante Bisam, »will dieser Name nicht kommen.« Sie schlief und fastete sogar im Wald, um auf einen Namen zu kommen, doch die Geister blieben stur.

Auch die alte Waubanikway, die viele Namen träumte, hatte noch keinen Namen für den Jungen, doch sie sagte, sie werde keine anderen Namen vergeben, bevor sie nicht einen für ihn gefunden hätte. Sie durchforschte ihre Träume.

Währenddessen wurde Neewo immer größer. Omakayas beschloss heimlich, dass er seinen Namen von ihr bekommen müsse. Wenn sie mit ihrem kleinen Bruder allein war, gab sie ihm im Spiel Namen. Vogelnamen. Kleine Meise nannte sie ihn. *Apitchi*. Rotkehlchen. Kleiner Schneefink. Spatz. Waldhuhnküken. Ihm schienen all diese Vogelnamen zu gefallen, und wenn er sie hörte, strahlte er und wackelte vergnügt mit den molligen Ärmchen.

Omakayas konnte Neewo kaum widerstehen und spielte mit ihm, sooft sie durfte. Wenn er sie mit seinen großen, sanften Augen so traurig ansah, wollte sie ihn immerzu ganz fest knuddeln. Wenn er über ihre Grimassen überrascht und dankbar lächelte, musste sie ihn einfach küssen und ihm übers Haar streichen. Dann war ihr Herz voller Leidenschaft und auch voller Empörung. Er musste einen Namen haben! Und sie sah, dass er auch endlich aus seinem *Tikinagun* herauswollte.

Omakayas wollte ihm zur Freiheit verhelfen.

Bald sollte sie ihre Chance bekommen. Eines Morgens wollten Omakayas' Mutter, ihre Schwester, die Großmutter und Kleiner Grapsch alle zusammen ins Dorf gehen und sich die großen Kanus ansehen, die angekommen waren und mit Pelzen für den Händler Cadotte beladen waren. Omakayas' Vater Mikwam würde nicht unter den Voyageuren sein, doch Mama hoffte, etwas über ihn in Erfahrung zu bringen. Der bloße Gedanke daran versetzte Mama in solche Aufregung, dass sie schon in aller Eile aufbrechen wollte, obwohl Baby Neewo noch schlief.

»Lass Neewo doch einfach hier bei mir«, sagte Omakayas im letzten Moment. »Ich möchte nicht mit. Ich kann auf ihn aufpassen! Dann seid ihr schneller da.« Sie sah, wie Mama zögerte. »Du willst nicht mitkommen?«

»Nein.«

Angeline und Großmutter waren schon unten auf dem Pfad. Kleiner Grapsch zerrte an Mamas Leggings und jammerte, weil er etwas zu essen haben wollte.

»Na gut«, sagte Mama schließlich. »Wir kommen so schnell wie möglich zurück. Mach einfach gar nichts. Wieg ihn nur ein bisschen, Omakayas, und wenn er aufwacht, spiel mit ihm. Aber nicht, dass du irgendwas mit ihm machst!«

»Natürlich nicht«, sagte Omakayas und versuchte sich nicht anmerken zu lassen, wie aufregend es für sie war, ihren Babybruder Neewo ganz für sich allein zu haben. Sie machte sich groß und benahm sich so erwachsen wie möglich. Sie wiegte ihn leise mit einer Hand, während sie Mama zum Abschied winkte, und sie wiegte ihn noch lange weiter, nachdem ihre Mutter um die Ecke gebogen und im Farn des Waldes verschwunden war. Er wachte nicht auf. Sie hörte auf ihn zu wiegen und schaute nur in sein kleines schlafendes Gesicht. Seine Wimpern waren so lang und

fest, sein kleines Kinn so knubbelig, dass sie es strei-
cheln wollte, die Haut seiner Wangen so weich und
zart, dass sie sich zurückhalten musste, um nicht mit
den Lippen darüber zu streifen. Seidige Haarbüschel
standen überall von seinem Kopf ab, und sein Atem
war immer noch milchsüß.

Ganz sanft berührte sie ihn. Baby Neewo. Kleine
Meise. Der Name sprang ihr in den Kopf. »Heute
nenne ich dich Kleine Meise«, sagte sie.

Er schlug die Augen auf, als hätte er sie verstanden.
Sein Blick war aufgeweckt und voller heimlicher
Späße. Er starrte zu ihr herauf. Eine lange Zeit sahen
sie einander an. Es war vollkommen. Es war Liebe.
Und dann verzog sich sein Gesicht, eine dicke Träne
quoll aus einem Auge, seine Unterlippe bebte. Plötzlich öffnete sich sein Mund und er fing an zu brüllen.
Omakayas war so nah an seinem Gesicht, so traum-
verloren und so glücklich, dass die Wucht des Schreis
sie fast hintüberwarf. Sein Schrei war wie ein Wirbel-
wind, wie eine plötzliche eiskalte Welle, wie eine
raue Brise, eine heiße Wand aus Schrei.

»Schsch, schsch, schsch ...« Omakayas wiegte ihn und
redete ihm gut zu, summte besänftigend und sang ein
altes Wiegenlied, das sie von ihrer Mutter kannte.
Nichts half. Baby Neewo brüllte noch lauter und immer heftiger. Omakayas war beunruhigt. So wie jetzt

hatte sie ihn doch noch nie brüllen hören, oder? Was hatte er? War in seinem fest geschnürten *Tikinagun* irgendetwas – eine Stechfliege, eine Spinne, eine Zecke, eine Biene –, das ihn stach oder biss? Es gab nur eine Möglichkeit, das herauszufinden – ihn loszumachen, und das war verboten. Aber als Neewo nicht aufhörte kläglich und hysterisch zu schluchzen, entschloss sie sich, wie eine Erwachsene zu handeln und ihn aus der Trage zu nehmen. Und sie tat es. Sie löste den Knoten aus Ranken, die ihn in dem perlenverzierten Wickeltuch hielten. Vorsichtig öffnete sie das samtene Tuch und breitete es aus, dann nahm sie seine Mooswindel heraus und säuberte ihn wie eine Wurzel, die man aus der Erde gezogen hat. Jetzt war er natürlich nackt, aber es war ein warmer Tag, und deshalb nahm sie den immer noch weinenden Neewo sofort in die Arme und trug ihn zu einer sonnigen Stelle am Wasser hinter den Bäumen, nicht weit vom Haus.

Plötzlich wurde Omakayas bewusst, dass Neewo sich beruhigt hatte. Seine Schreie klingelten ihr noch in den Ohren. Möwen kreischten, ein magerer Strandläufer rannte eifrig pickend im Sand hin und her. Neewo schwang die molligen Fäuste, brabbelte zum Wasser, sabberte aufgeregt, als er die funkelnden Wellen sah, und richtete seinen schmelzenden, schalkhaften Blick auf die Schwester, um ihr zu sagen, dass sie das wunderbarste Menschenkind auf Erden sei.

Sie setzte ihn neben sich auf einen warmen Stein. Gab ihm einen Stock in die Hand. Er betrachtete den Stock und prüfte ihn mit dem Gaumen. Er hatte einen mickrigen Zahn, auf den er sehr stolz war, und damit versuchte er, auf den Stock zu beißen. Der Stock war zu hart für Neewo. Neewo schlug mit dem Stock auf die Flechten, die vereinzelt auf den Steinen wuchsen. Als der Stock entzweibrach, kreischte er vor lauter Freude und fuhr fort, mit dem kurzen Ende auf den Stein zu schlagen. Omakayas war so glücklich, dass sie laut lachte.

»Du wirst mal ein Trommler, ein Sänger. Und ich werde für dich tanzen«, sagte sie. Auch wenn es ein Fehler gewesen war, Neewo zu befreien, so war es doch offensichtlich, dass er schon immer mit einem Stock auf einen Stein schlagen und die warme Sonne auf dem Gesicht spüren wollte. Noch eine ganze Weile saßen sie so zusammen. Omakayas warf Steine ins Wasser und ließ es spritzen, um ihren kleinen Bruder zu überraschen, und er schien ihr mit seinem ernsthaften Geblubber und Gebrabbel erzählen zu wollen, wie es war, ein Baby zu sein, das den lieben langen Tag in einer Trage an einem Ast hängen musste und nie Steine werfen oder sich Blätter in den Mund stecken durfte.

Omakayas meinte ihn sagen zu hören, dies sei der bisher schönste Tag seines Lebens. Sie meinte ihn sagen zu hören, sie sei seine Lieblingsschwester und er habe sie viel, viel lieber als Angeline. Was er ihr auf jeden Fall zu verstehen gab, war, dass er dieses Erlebnis nie vergessen werde und dass er sie eines Tages, wenn sie beide uralt und zahnlos wären, genauso anstarren und anlachen werde wie jetzt.

»Aber jetzt muss ich dich wieder einpacken, sonst kriege ich Ärger«, sagte Omakayas. Mit Bedauern nahm sie ihn hoch, ein zartes Babygewicht, und trug ihn wippend zurück zur Lichtung und zum Haus. Als sie ihn wieder in seine Tücher legte und ihn einwickelte, verzog er vor Empörung über diesen Verrat das Gesicht und öffnete den Mund. Schnell fasste Omakayas in die Tasche ihres Kleides. Der Rest der Süßigkeit, die sie von Alter Talg bekommen hatte, war immer noch da. Sie legte ihm das letzte Stückchen Ahornzucker auf die Zunge. Er schloss den Mund. Ein Ausdruck verzückter Überraschung legte sich auf sein Gesicht. Sein Körper entspannte sich. Als Omakayas ihn wieder in seinen *Tikinagun* legte, fielen ihm schon die Augen zu, und als ihre Mutter ohne Neuigkeiten von Vater, dafür aber mit kleinen Schätzen – leuchtend rotem Stoff, vier Messingknöpfen und sechs Fingerhüten – nach Hause kam, die sie gegen eine Ladung Trockenfisch getauscht hatte, wiegte Omakayas Neewo, als hätte sie die ganze Zeit nichts anderes getan, und ihr kleiner Bruder lächelte im Schlaf.

Der Monat, in dem die Herzbeeren gepflückt wurden, ging vorüber. Bei einem Sprung von einem niedrigen Ast zog sich Kleiner Grapsch direkt über dem Auge eine große Wunde zu. Das Blut floss, und er schien deswegen stolz zu sein und sich gleichzeitig zu bedauern. Wegen dieser Verletzung nahm er in seiner selbstsüchtigen Art so viel Aufmerksamkeit in Anspruch, dass Omakayas es kaum ertragen konnte. Ständig musste Mama sich um ihn kümmern. Dadurch hatte Omakayas natürlich mehr und mehr Verantwortung für Neewo, und das wiederum störte sie ganz und gar nicht. Nach den Stunden, die er in Freiheit verbracht hatte, kam es Omakayas jetzt immer so vor, als teilten sie und ihr kleiner Bruder, wenn sie sich anlächelten, ein geheimes Wissen.

Großmutter fing an, Kleiner Grapsch bei seinem neuen Namen zu rufen, Großer Grapsch, weil er sich ganze Hände voll Essen grapschte und versuchte es sich ins Gesicht zu stopfen. Er brauchte sehr lange, um zu lernen, wie man sich benahm. Es war schwer, ihm etwas beizubringen. Er hatte eine ungeduldige, gierige, drängelige Art. Omakayas konnte ihn von Tag zu Tag weniger leiden und wünschte sehnlichst, dass irgendeine Frau, vielleicht Alter Talg oder Tante Bisam, ihre Mutter fragen würde, ob sie ihn haben könnte. Wenn er ihr mal wieder ganz besonders auf die Nerven ging, malte sie sich Geschichten aus. Vielleicht würde jemand, der seinen Sohn verloren hatte, zu ihnen kommen und nach Grapsch fragen. Oder vielleicht würde ihr Vater Mikwam kommen und sagen, er brauche einen kleinen, fünf Winter alten und immer hungrigen Jungen als Begleitung auf seiner nächsten langen Reise. Oder die Missionare. Vielleicht wollten sie Grapsch als Vorbild haben – aber wofür bloß? Für das, was man nicht tun sollte? Er könnte unter der Kirche wohnen. Irgendwas müsste geschehen, egal was, wenn sie ihn nur für eine Weile los wäre. Omakayas ärgerte sich so sehr über ihn, dass sie sich manchmal bei einem furchtbaren Wunsch ertappte: dass ein Adler oder Großvater Eule ihn packen und zu einem Nest hoch in den Bäumen mitnehmen möge. Gedanken, die ihr das Herz verdunkelten, verbot sie sich immer, aber ach, diese Wünsche taten so gut!

Die Blaubeerzeit hatte gerade angefangen, als Omakayas in einer kühlen, dunklen Sommernacht, kaum dass sie eingeschlafen war, aus einem Traum oder von einem Geräusch hochfuhr. Die Augen nur einen Spalt geöffnet, lag sie still da und starrte verwirrt in die sanften Flammen, die hin und wieder zwischen den Kohlen in der Feuerstelle aufflackerten. Schläfrig hob sie den Kopf. Großmutter, die leise schnarchte, war in ein dickes Bärenfell neben der Tür eingemummt und Großer Grapsch lag in einem Knäuel zu ihren Füßen. Angeline lag auf der anderen Seite der Tür, ordentlich in ihre Decken gepackt.

Plötzlich wurde Omakayas so heftig von freudiger Überraschung durchströmt, dass sie Angst hatte, laut zu schreien und alle aufzuwecken. Ihr Herz machte einen Hüpfer. Beinahe hätte sie die Decken abgeworfen und angefangen zu tanzen. Deydey, ihr Vater, war nach Hause gekommen! Dort, im Eingang, lagen nur schwach erhellt die Mokassins ihres Vaters mit denen von Mama auf einem Haufen. Seine waren abgenutzt, dreckig, ausgetreten, wenn auch keine einzige Perle von Mamas fester Perlenstickerei fehlte. Mamas Mokassins, die zu beiden Seiten lagen, waren sauber und gepflegt. Es waren ihre Festtagsmokassins, die am Knöchel mit einer besonders gefertigten Borte aus Kaninchenfell besetzt waren.

Die Mokassins ihrer Mutter und die ihres Vater zeigten immer auf eine ganz bestimmte Art zueinander, dachte Omakayas. Auf Deydeys Mokassins verwandte Mama immer besondere Sorgfalt, und doch hatte er sie manchmal schon zu Fetzen getragen, bevor er nach Hause zurückkehrte. So weich und offen, wie sie jetzt waren, schienen sie erleichtert zu sein, zur Tür hereinfallen und sich in die sichere Umarmung von Mamas Paar schmiegen zu können. Ihre Mokassins beschützten Deydeys abgenutztes Paar, umfingen sie und schienen über die vielen Gefahren, denen seine Schritte ausgesetzt waren, zu wachen und sie zu lindern.

Während Omakayas wieder in den Schlaf glitt, wusste sie, dass ihre Mutter, wenn sie, Omakayas, am nächsten Morgen erwachte, schon ein Paar neuer Mokassins aus der Elchhaut schneiden würde, die sie gegerbt und geräuchert hatte, als die Herzbeeren anfingen zu reifen. Dieser Gedanke rief ihr die Bärenmutter in Erinnerung. Während sie wieder in ihren Träumen versank, dachte sie nach.

Würde sie ihrem Vater erzählen, was geschehen war? Würde sie jemals irgendjemandem davon erzählen? Und wieder entschied sie, die Begegnung für sich zu behalten. Nicht nur, dass sie ausgeschimpft, vielleicht sogar ausgelacht werden würde, weil sie mit den Bärenjungen gespielt hatte, sie war sich auch sicher, dass niemand es verstehen würde.

Omakayas kuschelte sich noch tiefer in ihre Decke. Mit einem glücklichen Lächeln vergrub sie das Gesicht in dem warmen Fell und fiel schließlich in einen schweren, traumlosen Schlaf, und sie wusste, dass, wenn sie erwachte, ihr Vater – groß, mutig, stark und zu Scherzen aufgelegt – sie hoch in die Luft wirbeln würde. Mama würde noch mehr lachen als sonst. Angeline würde auch lachen, scheu und nervös. Es würde Geschenke geben, neue Sachen, etwas Besonderes zu essen. Großmutter würde ein herrliches Festmahl bereiten. Mama würde die Mokassins für den Vater nähen. Die Onkel würden zu Besuch kommen, Cousins und Cousinen, Verwandte, die mit ihnen feiern und Geschichten anhören und endlos Späße machen würden. Baby Neewo würde Deydey mit seinen Blicken bitten zu singen, und Großer Grapsch würde ganz brav sein müssen.

VIERTES KAPITEL

ANDEG

Wenn Vater, ihr Deydey, zu Hause war, veränderte sich die Welt. Dann mussten alle ihre Arbeit gewissenhafter und ordentlicher erledigen. Wenn Mama und Großmutter zuständig waren, sollte natürlich auch alles auf eine bestimmte Weise gemacht werden, aber es gab doch Spielraum für Fehler. Fehler waren lustig, und sie ließen sich beheben. Bei Omakayas' Vater Mikwam, was ›Eis‹ bedeutet, musste alles genau richtig gemacht werden. Er war jemand, der Befehle erteilte. Er war über einen Meter achtzig groß, und sein gewitzter Gesichtsausdruck beeindruckte andere Männer. Oft war er elegant gekleidet – mit Turban, perlenbestickter Samtweste, einem

Hemd aus feinem rotem Kattun und Schultertasche. Er trug immer mindestens einen besonderen Ohrring, der baumelte und funkelte, wenn Mikwam im Gehen plötzlich innehielt oder die Richtung änderte. Mikwam war ein sehr lustiger Mann, und das Lager war immer von Lachen erfüllt. Doch in dem Lachen lag ein Unbehagen. Jeden Moment konnte sich seine Stimmung in beißenden Ärger verwandeln. Es wurde vor allem deshalb gelacht, weil Omakayas' Vater einen so hintersinnigen Witz und eine so scharfe Zunge hatte. Es gab niemanden, den er nicht nachmachen konnte, niemanden, dessen schwacher Punkt seinem aufmerksamen Blick verborgen blieb, niemanden, über den er keinen Witz reißen konnte. Sogar Alter Talg zog er auf, aber er machte ihr auch sehr gern kleine Geschenke, und abends erzählte er noch lange nach dem ersten Eulenruf Geschichten. Wenn Deydey zu Hause war, war alles aufregender, schwieriger, weniger vorhersehbar, aber auch irgendwie sicherer.

Das Erste, was Deydey auffiel, war der Mais: wie hoch er geworden war, wie prall der Regen die Kolben hatte werden lassen, was für eine gute Ernte es dieses Jahr geben würde. Mama und Großmutter waren glücklich und zufrieden über die Ernte, während Deydey sich darüber ärgerte, dass die Krähen so viel von dem jungen Mais wegfraßen. Am zweiten Tag seiner Rückkehr schlug er Pfähle und band sie mit Lindenfäden zu zwei Hochsitzen zusammen. Als er die Hochsitze zu beiden Seiten des Maisfeldes aufgestellt hatte, rief er Angeline und Omakayas herbei.

»Ich will, dass ihr da hochgeht und die Vögel verscheucht!« Er gab Omakayas zwei glatte Stöcke, die sie gegeneinander schlagen sollte, um die Vögel zu erschrecken, und Angeline bekam sein zerlumptes altes Hemd, das sie durch die Luft schwenken sollte. Das Hemd brauchte er jetzt nicht mehr, denn Mama hatte ihm neue Kleider genäht – ein Kattunhemd, lederne Leggings, eine Hose aus feiner blauer Wolle, die zusätzlich mit roter Wolle besetzt war. An das Hemd hatte sie vier sorgsam gehütete glänzende Messingknöpfe genäht. Auf jedem Knopf war die französische Blume aufgeprägt, die die Voyageure fleur de lis nannten.

An diesem sonnigen Tag, an dem ein süßer Dunst in der Luft lag und der Rand des Horizonts in der Ferne Regen versprach, machten sich Omakayas und Angeline auf den Weg zum Maisfeld.

Unterwegs stritten sie über nichts und wieder nichts. Dickköpfig und einander überdrüssig verfielen sie beide in Schweigen. Ihr Stück Land lag am Ende eines kurzen Pfades durch den Wald. Sie legten den Weg lautlos zurück, jede in ihre eigenen Gedanken versunken. Vielleicht lag es an diesem wütenden Schweigen, dass sie leise genug gingen, um Ein Horn zu begegnen, dem gewaltigen Rehbock, der beim Kampf um sein Revier auf der Insel die Spitze seines Geweihs eingebüßt hatte. Er musste sich dabei den Kopf verletzt haben, denn das Geweih war nur auf einer Seite richtig nachgewachsen. Zur Hälfte war es ein prächtiges Geweih, stolz und spitz, doch die andere Hälfte war nur ein Stumpf.

Ohne Scheu vor den Mädchen trat Ein Horn aus dem Wald. Wachsam stand er im Morgenlicht und wärmte sich in der Sonne ein wenig das Fell. Seine Schönheit und die Kraft, die in seinem Blick lag, ließen Omakayas und Angeline verharren. Er stellte die zierlichen, blattförmigen Ohren vor, als könne er den Herzschlag der Mädchen hören. Der Blick seiner braunen Augen war freundlich und bestimmt. Er machte einen Schritt auf sie zu und blieb stehen, machte noch einen Schritt, blieb wieder stehen, und dann, als würde er von einem riesigen unsichtbaren Seil emporgerissen, machte er plötzlich einen Satz und verschwand.

»Er muss irgendwas gehört haben, was wir nicht gehört haben«, sagte Angeline, und da war auch schon Deydey hinter ihnen. Direkt hinter ihnen, ohne Vorwarnung.

»Was ist los mit euch?«, fragte er scharf. »Während ihr hier rumsteht und faselt, schlagen sich die Krähen die Bäuche voll!«

Mit weit ausholenden Schritten ging er an ihnen vorbei. Schnell liefen sie zum Feld, stiegen auf ihre Hochsitze und verscheuchten die wenigen Vögel, die sich im Mais niedergelassen hatten.

Am Anfang machte es Spaß, von dort oben zu wedeln und über das Feld zu rufen.

»*Boozhooo*«, rief Omakayas.

»*Boozhooo*«, rief Angeline.

»*Ninoonde wesin*«, schrie Omakayas.

»Ich hab auch Hunger«, war die Antwort.

»Was hast du zu essen mitgenommen?«

Angeline hatte nichts mitgenommen.

»Wir könnten ein bisschen Mmmaaais rrrööösten«, brüllte Omakayas über das Feld.

»Wir könnten ein paar Krrrääähen rrrööösten«, schrie Angeline.

»Wie sollen wir die fangen?«, rief Omakayas.

»Ich hole Nokomis' Fischnetze«, antwortete Angeline. »Die werfen wir über sie, wenn sie landen!«

Bis jetzt hatte noch kein einziger Vogel auch nur ein Maiskörnchen gefressen, weil die Mädchen so einen Lärm machten. Doch sobald Angeline ihren Hochsitz verlassen hatte, um die Netze von Großmutter

71

zu holen, kam eine wirbelnde Wolke herab. Die Krähen und Rotschulterstärlinge wussten schon, wann sie etwas von dem Mais ergattern konnten! Mit gierigen Schreien verteilten sie sich über das Maisfeld. Die Raben, die größer und schlauer waren, warteten am Rand des Feldes ab, ob sie es wagen könnten, sich dem Festmahl anzuschließen. Omakayas rief jetzt lauter und entschlossener und schlug die Stöcke gegeneinander. Jedes einzelne Körnchen in Mamas Samentasche hatte sie mit geerntet. Sie hatte die Körner mit mühsam herbeigeschlepptem Wasser aus dem See gewässert, *Makuk* um *Makuk* voll Wasser, bis sie keimten und wuchsen. Dann hatte sie mit Mamas großer Elchgeweihhacke und ihrer eigenen kleineren, aus einem krummen Ast geschnitzten Hacke die Erde aufgelockert und Unkraut gejätet. Sie hatte diese Maispflanzen ehegt und gepflegt, und jetzt würde sie die Trockenmaissuppe, die es im Winter geben sollte, nicht einem Schwarm Vögel überlassen, wie hungrig sie auch sein mochten.

Wieder fielen die Vögel mit hungrigen Schreien über den Mais her. Wieder rannte Omakayas mit lauten Rufen hinunter, um sie zu vertreiben. Deydey hatte Recht. Wie gierig die Augen der Vögel glitzerten, als sie an den prallen Maiskolben rissen und an den saftigen jungen Körnern pickten. Sie schrien wie wild. Bis ihre Schwester zurückkam, rannte Omakayas von einem Ende des Feldes zum anderen, wobei sie laut rief, das alte Hemd ihres Vaters schwenkte und die Stöcke gegeneinander schlug. Nach einer Weile war sie zu erschöpft, um noch schnell zu rennen, und ihre Rufe klangen ebenso heiser wie das Krächzen der Krähen.

Endlich kam Angeline mit den Netzen zurück, und sie versuchten eins davon über die Vögel zu werfen. Aber zum Fischfang war das Netz wesentlich besser geeignet. Wie weit und geschickt sie es auch zu werfen versuchten, es schwebte immer zu träge herab. Die Vögel sahen es rechtzeitig kommen, schossen davon, und wenn sie wieder landeten, schienen sie sogar höhnisch zu lachen. Dann schmatzten sie in einem anderen Teil des Feldes weiter.

»Wir müssen sie austricksen«, sagte Angeline.

»Wie sollen wir das anstellen?«, keuchte Omakayas.

»Ich hab eine Idee«, sagte Angeline.

Wie eine Zimmerdecke drapierten sie das eine von Großmutters Netzen sorgfältig über den Maisstielen. Angeline stellte sich hinter das Zimmer aus Maisstielen und hielt das zweite Netz weit ausgebreitet. Omakayas lief zum anderen Ende des Feldes. Als die Vögel vor ihr landeten, ging sie langsam und ruhig auf ihre Schwester zu, ohne zu rufen oder hektische Bewegungen zu machen. Die Vögel hüpften oder flogen immer ein kleines Stückchen vor Omakayas her. Ihre Angst war nicht so groß, dass sie sich hoch in die Luft erhoben hätten. So bewegten sie sich immer weiter auf das Netz zu und schlüpften dann auf der Suche nach Nahrung darunter, hüpften noch weiter vorwärts, auf Angeline zu, bis sie schließlich in die Wand aus Fäden liefen und in die Netzdecke flatterten. In plötzlicher Panik versuchten sie durch die Maschen zu fliegen, die Nokomis gewebt hatte, und verfingen sich mit einem Fuß, einem Flügel, einem Köpfchen. Obwohl Omakayas sie noch vor einer Stunde verabscheut hatte, tat ihr dieser Betrug jetzt Leid, und während sie die Vögel ins Netz trieb, bat Omakayas sie mit den Worten, die sie ihre Großmutter hatte sagen hören, um Verzeihung: »Vergebt uns, vergebt uns, wir haben Hunger, wir haben Hunger.« Sie wandte sich ab, als Angeline die kämpfenden, flatternden Vögel einen nach dem anderen packte und ihnen mit einer kurzen, entschlossenen Drehung das Genick brach. Die nächste Stunde ernteten sie Vögel, und dann noch eine Stunde, bis die Sonne tief am Himmel stand und die verbliebenen Vögel ihre Äste anflogen um zu schlafen. Da bemerkte Omakayas, als sie Nokomis' Netz einholte und zusammenlegte, einen Vogel, der übrig geblieben war und heftig kämpfte um sich zu befreien. Es war eine junge Krähe aus einem späten Nest. Obwohl sie angestrengt auf- und abhüpfte, konnte sie nicht richtig fliegen. Der Haufen Vögel, den sie hatten, war schon so groß, dass sie damit das größte Dörrbrett füllen konnten, das Angeline aus dem Lager geholt hatte.

Omakayas beschloss, diesen letzten Vogel freizulassen. Vorsichtig machte sie die Schnüre aus Lindenfasern von einer seiner scharfen schwarzen Krallen los, von seinem Hals und einem zerzausten Flaumfederflügel. Sie hielt den Vogel in den Händen, setzte ihn auf den Boden und wartete darauf, dass er wegflog. Er regte sich nicht. Als sie versuchte ihn aufzuscheuchen, hüpfte er nur ein paar Schritte und zog einen verletzten Flügel nach. Omakayas sah sich nach einem großen Stock um, mit dem sie ihn erschlagen und ihn so von seinen Leiden hätte erlösen können, als ... etwas sie zurückhielt. Sie schaute den Vogel an. Er blickte mit so ruhiger, vertrauensvoller Neugier zu ihr auf, dass er beinahe zu sprechen schien. Seine runden Augen waren von einem tiefen milchigen Blau, und er legte den Kopf erst auf die eine Seite, dann auf die andere, um Omakayas besser betrachten zu können. Sie schaute sich um, ob Angeline sie sah. Nein. Mit einer schnellen Bewegung packte Omakayas den Vogel und steckte ihn in den kleinen Beutel an ihrer Taille. So lautlos schmiegte er sich hinein, dass sie schon bald keinen Gedanken mehr an ihn verschwendete.

Zu Hause verbrachten Omakayas und Angeline eine scheinbar endlose Zeit damit, die Vögel zu rupfen und zu säubern. Die Stoppelfedern, die gerade erst wuchsen und die zu klein waren, um sie herauszuziehen, brannten sie ab. Als die Vögel so weit waren, dass man sie rösten konnte, legte Mama sie dicht zusammen, steckte ganze wilde Zwiebeln dazwischen und backte dann sorgfältig saftigen Schlamm aus dem Flussbett um das Ganze herum. Sie legte die Schlammkugel in eine Mulde im Feuer und umschichtete sie mit glühenden Kohlen. Als die Vögel anfingen zu braten, strömte der Duft durch die feinen Risse im Schlamm und würzte die Luft mit einem köstlichen Aroma. Einige reife junge Maiskolben, Blaubeeren und ein starker Tee aus Wintergrün machten das Festmahl komplett. Als die Vögel gar waren, rollte Mama den Vogelball mit einem Stock aus dem Feuer und brach den gebackenen Schlamm auf. Jetzt saßen sie zusammen ums Feuer herum, aßen geröstete Maiskolben und süße Blaubeeren und pulten das köstliche Fleisch von den winzigen Vogelknochen. Jeder Vogel ergab nicht mehr als ein paar Bissen, heiße, leckere Bissen, gewürzt mit brutzeligen Zwiebeln. Es war mehr als genug für jeden da, und sie wurden alle satt.

»Ganz meine Töchter«, sagte Deydey stolz. »Nicht nur, dass sie den Mais für heute gerettet haben, sie haben auch noch unser Abendessen gefangen! Sie sind Jäger!«

Er nahm seine Pfeife aus dem Beutel, um sie ihnen zu Ehren zu rauchen, und beide Mädchen hatten ein warmes Gefühl von Stolz. Sie lehnten sich ein wenig zurück und sahen ins Feuer, und auch Nokomis holte ihre Frauenpfeife heraus. Sie füllte den Kopf der Pfeife mit *Kinnikinnick*, stopfte sie sorgfältig und zündete sie mit einem glühenden Stöckchen an.

Omakayas hätte Nokomis gern gebeten, eine Geschichte zu erzählen. Doch sie wusste, dass Nokomis, bevor nicht auch der letzte Frosch eingeschlafen war, immer nein sagte, sosehr sie auch bettelten. Deydey, der zur Hälfte weißes Blut hatte, ließ sich oft überreden, denn seine Geschichten waren anders als Nokomis'. Sie erzählte *Adisokaan*-Geschichten, die nur für den Winter gedacht waren. Deydey erzählte meistens von seinen Reisen, den Orten und Menschen, die er gesehen hatte, den Tieren, die er

erspäht hatte, vom Wetter, anderen Anishinabeg
und, was das Beste war, von Geistern.

Nachdem er seine Pfeife geraucht hatte, begann Deydey auf Angelines Bitte hin zu erzählen.

DEYDEYS
GEISTERGESCHICHTE

Ungefähr zwei Tage hinter Boweting, in einem Teil des Flusses, den ich nur zu gut kannte, kamen wir aus einer Stromschnelle, als ich einen Sturm roch. Ein Sturm war das Letzte, was ich in diesem Moment gebrauchen konnte! Ich wollte meine Männer und unsere Kanus an dieser Landzunge vorbeilavieren – sie hat die Form eines kleinen Hakens und ragt in den Fluss hinein. Der Ort heißt Wo die Schwestern speisen. *Ich wollte die Landzunge noch passieren, weil wir einen bestimmten Händler einholen und ihm etwas verkaufen wollten. Außerdem hatte ich gehört, dass an diesem Ort niemand gern die Zelte aufschlug. Es hieß, dort trügen sich seltsame Dinge zu.*

Als aber der Himmel seine Schleusen öffnete und der Regen herunterkam, sagte ich mir, dass meine Ängste töricht seien. Obwohl meine Männer unbedingt weiterfahren wollten, kam ich zu der Überzeugung, dass wir keine Wahl hatten. Sie murrten, doch wir paddelten an Land und zogen unsere Kanus

*aufs trockene Ufer unter die Kiefern. Jetzt
goss es in Strömen. Der Wind schüttelte die
Bäume. An ein Feuer war gar nicht zu denken. Wir mussten einfach in der finsteren
Kälte ausharren. Also häufte ich Kiefernna-
deln und weiche Zweige zu einem Bett auf
und wickelte mich unter meinem Kanu in
eine Decke ein. So weit war alles in bester
Ordnung, dachte ich. Vielleicht waren die
Geschichten, die ich über diesen Ort gehört
hatte, ja nichts als Lügen, und in Wirklichkeit war hier nie etwas Unheimliches passiert. Ich drehte mich um und versuchte ein
wenig zu schlafen.*

*Ich war gerade weggeschlummert, als neben
mir plötzlich ein Blitz aufleuchtete und in einen Baum einschlug, der in den Wald
stürzte. Ich konnte nur hoffen, dass ich mir
einen sicheren Platz ausgesucht hatte, wo
kein Blitz einschlagen und kein Baum umfal-
len würde. In diesem Moment hätte ich meinen Tabak herausholen und ihn den guten
Geistern opfern sollen. Ich hätte daran denken sollen, wie meine Mutter es immer gemacht hatte. Doch ich dachte nicht daran,
und nachdem ich wieder eingeschlafen war*

und das nächste Mal erwachte, geschah Folgendes:

Ich erwachte mit einem Ruck und einem unbehaglichen Gefühl. Zu still, das war mein erster Gedanke, zu still. Kein Wind, kein Regen. Auch kein Mondschein. Dick und schwer wie die schwarze Wollrobe eines Priesters hingen die Wolken am Himmel. Ich hielt mir die Hand vor die Augen, konnte jedoch nicht die leiseste Kontur erkennen, so dunkel war es. Und da hörte ich sie.

Ich hörte, wie sich Frauen über Knochen stritten.

Natürlich gab es im Umkreis von hundert Meilen keine einzige lebendige Frau, aber ich war noch im Halbschlaf und dachte nicht daran. Ich konnte nur daran denken, wie laut diese Frauen sprachen!

»Hey, Ladys, Ruhe bitte! Hier versucht jemand zu schlafen«, rief ich. Für eine Weile dämpften sie die Stimmen, doch dann stritten sie wieder und fingen an zu schreien. Sie hatten sich neben meinem Kanu niedergelassen um zu streiten und ich geriet jetzt richtig in Rage.

»Bekayaan!«, schrie ich laut und schroff.

Wieder dämpften sie die Stimmen, doch gerade als ich anfing mich zu entspannen und wegzuschlummern, brachen sie wieder in lautes Geschnatter aus.

Nicht, dass ihre Stimmen unangenehm geklungen hätten. Sie waren hoch und lieblich, obwohl die Frauen eine Meinungsverschiedenheit austrugen. Es war nur, dass sie so laut und dann auch noch direkt über meinem Kopf waren. Sie saßen auf dem Kanu! Auf den Rippen aus Fichtenholz hörte ich ihr Gewicht knarren.

»Passt bloß auf da oben!« Ich wurde jetzt noch wütender. Sie beachteten mich überhaupt nicht. Fuhren nur fort, sich erregt zu streiten. Und sie sagten Folgendes:

»Du gibst mir das erste Stück Fleisch, Schwester, dann kriegst du den ersten Knochen.«

»Gib mir das zweite Stück Fleisch, dann kriegst du den zweiten Knochen.«

»Ich nehme den Fuß.«

»Ich den Kopf.«

»Nein, kommt nicht in Frage! Der Kopf ist für mich und das Bein auch, Schwester!«

»Wie sollen wir die anderen aufteilen?«

»Lasst uns um sie spielen.«

»O ja!«

»Gut, dass wir den Sturm losgeschickt haben«, sagte eine der Schwestern und lachte. »Wie hätten wir sonst so leicht unsere Mahlzeit fangen sollen?«

»Ich hab schon richtig Bauchschmerzen«, war die Antwort. »Es ist lange her, dass wir so viele gefangen haben!«

Und da begriff ich plötzlich. Ich war das erste Stück Fleisch, der zweite Knochen! Wir Männer waren die Mahlzeit! Die Geisterschwestern waren gekommen um ein Festmahl zu halten – und das Festmahl waren wir. Kalter Schweiß brach mir aus. Ich wusste nur zu gut, wie unangenehm böse Geister waren, wie gefährlich sie werden konnten. Diese hier waren vermutlich verhungert und waren deshalb bis in alle Ewigkeit hungrig. Sie hatten ja selbst verraten, dass sie Stürme aufkommen ließen um Reisende dazu zu zwingen, hier einen Unterschlupf zu suchen. Kein Wunder, dass meine Männer nicht auf der Landzunge hatten übernachten wollen, die man Wo die Schwestern speisen nannte.

An dieser Stelle verstummte Deydey und starrte ins Feuer in der Mitte des *Wakaigun*. Niemand sprach ein Wort. Sogar Baby Neewo schien entsetzt zu lauschen, während Deydey darüber nachdachte, wie er sich aus den Händen der Kannibalengeister würde befreien können. Schließlich erzählte er weiter.

Zum Glück fiel mir ein Rat meines Vaters ein. »Lass es nie zu, dass die Angst dir den Verstand raubt«, hat er immer gesagt. »Denk immer gut nach.« Anstatt der Angst nachzugeben, schob ich sie also beiseite und dachte nach. Und als ich erst mal auf meinen Verstand hörte, nahm ein Plan Gestalt an. Sofort setzte ich ihn in die Tat um.

Bumm! Bumm! *Ich begann an die Innenseite meines Kanus zu klopfen. Ich schnaufte wie ein Bär und rief mit Brummstimme: »War der nicht köstlich, dieser Mann? So einen guten hab ich noch nie gegessen!«*

»Hast du das gehört?«, sagte die Schwester über mir. »Ein Bär hat uns was von unserer kostbaren Mahlzeit weggefressen.«

»Wie kann der Bär es wagen uns zu bestehlen!«

Sie waren beide zornig, und um ihren Zorn

noch anzuheizen, ließ ich den Kolben meines
Gewehrs aus dem Boot herausfahren und
schlug einer der Schwestern mit aller Wucht
auf den Fuß.
»Aaaaau! Aaaau!«, schrie sie. »Warum hast
du mir wehgetan, große Schwester?«
»Hab ich doch gar nicht«, sagte die Ältere.
»Und ob«, quiekte die Jüngere. »Du und die-
ser Bär, nichts als Lügen und Gier!«
»Von wegen, ich und der Bär! Hier, da hast
du, was du verdienst!«
»AAAAUUUUU!«

Deydey quiekte so entsetzlich auf dass sich Oma-
kayas die Nackenhaare aufstellten, ihr Herz einen
Schlag aussetzte und ihre Kopfhaut sich vor Schreck
zusammenzog. Sie kuschelte sich tiefer in ihre
Decken und Felle neben der Großmutter, die sie fest-
hielt.
»AAAAAAAUUUUUUUU!«
Noch einmal stieß Deydey diesen gespenstischen
Quiekser aus. Großer Grapsch bedeckte den Kopf
mit den Händen und rettete sich in Mamas Schoß.
Deydey ließ eine Stille eintreten und erzählte dann
in gespanntem, gespenstischem Ton das Ende der
Geschichte.

Die beiden Schwestern fingen an sich zu prü-
geln, erst mit den Fäusten, dann mit Stöcken,
dann mit großen Steinen, die sie vom Boden
aufhoben. Während sie versuchten sich gegen-
seitig umzubringen, belud ich mein Kanu, so
schnell ich nur konnte. Ich hörte, wie die an-
deren dasselbe taten. Natürlich hatten die
Männer, während die Schwestern darüber
sprachen, uns aufzufressen, zitternd unter
ihren Decken gelegen. In dem Moment, als wir
uns abstießen, bemerkte die eine der Schwe-
stern unser Verschwinden und sprang uns mit
einem Schrei hinterher. Ich war der Letzte in
meinem Kanu, weil ich von hinten steuerte.
»Paddelt, Männer, paddelt! Schnell!«, rief ich
meinen Männern zu. Dennoch gelang es der
bösen Schwester mich am Hemd zu packen
und es fast in Fetzen zu reißen. Guckt euch
das an!

Mit ernster Miene hielt Deydey die Fetzen des Hem-
des hoch, mit denen seine Töchter heute die Vögel
verscheucht hatten. Großer Grapsch stockte der
Atem und auch die Mädchen blieben stumm. »Ja«,
sagte Deydey, »ich hatte Glück, dass ich mit dem Leben davongekommen bin. Und stellt euch vor, nach-

dem ich den Geist mit dem Gewehrkolben geschlagen hatte, ist das Gewehr entzweigebrochen und wollte sich nicht wieder reparieren lassen! Zum Glück haben wir dann doch noch den Händler eingeholt, der uns immer so einen guten Preis macht. Und zum Glück konnte ich auch ...« – das letzte Wort zog Deydey aufreizend in die Länge, sodass die Mädchen die Ohren spitzten – »zum Glück konnte ich ein paar Kleinigkeiten herausholen.« Deydey zog ein kleines, in Stoff eingewickeltes Päckchen aus seinem Hemd.

Er machte das Päckchen so vorsichtig auf, dass Omakayas schon dachte, er hätte vielleicht etwas Lebendiges mitgebracht, ein winziges Eichhörnchen zum Beispiel oder vielleicht ... Da fiel ihr plötzlich der Vogel in ihrem Tragebeutel ein. Saß er überhaupt noch dort? Wahrscheinlich war er inzwischen schon tot. Der Gedanke versetzte Omakayas einen Stich. Sie richtete ihre Aufmerksamkeit wieder auf Deydeys Mitbringsel. Er liebte es, Geschenke zu verteilen und die Spannung hinauszuzögern, und er suchte immer wundervolle Sachen aus. Diesmal holte er aus seinem kleinen Beutel ein langes, dickes indigoblaues Band für Angeline heraus. Für Mama einen kostbaren Kattunstoff für ein Kleid, tiefrot mit lauter blauen und rosafarbenen Blümchen. Für Großmutter ein großes

Päckchen goldbraunen Tabak. Großer Grapsch bekam ein kleines Messer und Baby Neewo ein kleines Stückchen Samt, das er an seine weiche Wange halten konnte. Für Omakayas habe er etwas Besonderes auf Lager, sagte Deydey. Etwas, das er selbst gemacht habe. Sie hielt die Luft an.

»Hier«, sagte er. »Das ist für dich!«

Er überreichte ihr den abgesägten Lauf des Gewehrs, das entzweigebrochen war, nachdem er der Geisterschwester damit auf den Fuß geschlagen hatte. Mit einer Zange war das Ende des Laufs zusammengepresst und die Kante rau und scharf gemacht worden. Es war eindeutig – und Omakayas schluckte, als sie es sah –, dass dies ein Hautschaber war.

»Als Mama mir gezeigt hat, wie gut du die Elchhaut für meine Mokassins bearbeitet hast«, sagte Deydey, »habe ich beschlossen, dass du den Lauf meines alten Gewehrs als ersten eigenen Schaber haben sollst. Die Haut, die du für meine Mokassins gemacht hast, ist wirklich schön. Von jetzt an möchte ich, dass du öfter Häute für Mama und mich bearbeitest. Nimm das hier«, sagte er.

Omakayas war verwirrt. Stolz und Entsetzen kämpften in ihrem Innern, und sie nahm den Gewehrlauf-Ausfleischer mit widersprüchlichen Gefühlen entgegen. Häute bearbeiten – die Arbeit, die sie am meisten hasste! Und jetzt war sie, nur weil sie diese Arbeit ein Mal gut gemacht hatte, für den Rest ihres Lebens dazu auserkoren worden. Sie würde dazu verdammt sein, stinkende Häute weich zu machen und zu gerben. »Nein!«, wollte sie sagen, »das will ich nicht haben. Ich will ein Band haben wie Angeline, nur in Rot oder vielleicht in Gelb! Stoff wäre auch schön oder eine Leckerei. Eine Süßholzstange. Irgendwas, nur nicht das hier!«

Doch sie nahm Deydeys Geschenk mit liebevollem Dank an, denn sie wusste, welche Freude es ihm bereitete, die Geschenke auszusuchen, und wie selten er lobte.

Fast zornig schaute sie auf Deydeys neue Mokassins. Wie sie so dastanden und von Mamas Mokassins eingerahmt und gehalten wurden, sahen sie frisch, ordentlich und neu aus. Omakayas musste es selbst zugeben – die Haut, die sie gegerbt hatte, war sehr schön.

Plötzlich machte ihr Herz einen Satz. Ihre Kehle war wie zugeschnürt. *Owah!* Einer von Deydeys Mokassins! Sie war sich sicher, gesehen zu haben, wie er sich bewegte. Er hatte sich bewegt. Da, schon wieder!

»*Neshkey!*« Ihre Stimme bebte. Sie zeigte auf den Mokassin. Die anderen sahen hin.

Diesmal machte der Mokassin einen großen Hüpfer und alle, sogar Deydey, schrien überrascht auf. Sie waren wie erstarrt vor Schreck. Jetzt stand der Mokassin ruhig da. Nokomis beugte sich vor und stieß mit einem Stock dagegen. Der Mokassin zuckte. Dann piepste er. Omakayas sprang auf, denn ihr fiel ein, dass sie ihren Tragebeutel direkt neben den Mokassins abgelegt hatte. Und tatsächlich steckte ihr Vogel jetzt ganz aufgeweckt den Kopf heraus, und unter allgemeinem Gelächter blinzelte er neugierig, hungrig und ganz ohne Scheu in die Runde.

DAGWAGING

(HERBST)

FÜNFTES KAPITEL

FISCHSCHWANZ UND SEINE PFEIFE

Morgens lag jetzt immer eine schneidende Frische in der Luft. Omakayas liebte diese Zeit des Jahres und sprang eilig aus den Decken, rollte ihre Schlafmatte und ihr Fell zusammen und räumte beides schnell weg, damit sie helfen konnte, das Kochfeuer draußen wieder anzuzünden. Ihre Krähe hüpfte hinter ihr her. Zwar konnte sie schon wieder kurze Strecken fliegen, doch ihr Flügel war noch nicht ganz verheilt. Sie hieß Andeg, das bedeutete ›Krähe‹ in der Sprache der Anishinabeg, der Ojibwa. Nokomis mochte den Vogel sehr. Oft hockte er auf ihrer Schulter und leistete ihr Gesellschaft, während sie Trockenfisch verpackte, Netze flickte, neue Matten webte und Seite an Seite mit Omakayas Häute gerbte, die sie jetzt für Winterkleidung brauchten – für Jacken, Mokassins, Handschuhe und Mützen. Omakayas benutzte den Gewehrlauf-Ausfleischer, das Geschenk von Deydey. Die Arbeit machte ihr kein bisschen mehr Spaß als zuvor, doch die Gesellschaft des lebhaften Andeg half. Andeg konnte sogar Eulen verscheuchen, und einmal, als er auf der obersten Stange von Neewos Kindertrage saß, *kraakraakraakte* er so laut und so lange, bis Mama angelaufen kam und einen neugierigen Waschbären dabei ertappte, wie er gerade etwas von den Bündeln mit Trockenfisch und Rehfleisch für den Winter stibitzen wollte. Schon bald war Andeg jedermanns Liebling. Doch nur in Omakayas' Nähe schlief er. Sobald es dämmerte, setzte er sich auf einen niedrigen Ast, den sie an einer Hauswand befestigt hatte, und schlief ein.

Deydey verbrachte einige warme Herbsttage damit, sein Kanu zu reparieren, und dann war es für ihn wieder Zeit aufzubrechen. Noch eine große Fahrt musste er unternehmen, bevor die kalten Regengüsse niederpeitschen und der raue Schnee kommen würden. Dann war die Zeit vorbei, in der er die Felle der anderen Anishinabeg einsammelte und verkaufte, dann stellte er seine eigenen Fallen auf. Im Spätherbst und im Winter würde er abwechselnd zu Hause und unterwegs sein, zu Hause und unterwegs, und jedes Mal, wenn er zurückkäme – daran dachte Omakayas mit einem flauen Gefühl im Bauch –, würde er Häute anschleppen, die sie bearbeiten müsste.

Eines Nachmittags kamen seine Freunde und Partner vorbei um gemeinsam mit ihm zu planen. Albert La-Pautre und Fischschwanz kamen zu Fuß durch den Wald. Als Angeline und Omakayas sie kommen sahen, beschlossen sie sich zu verstecken und tauchten schnell im dichten Gestrüpp ab. Durch das Unkraut hindurch konnten sie die Männer unbemerkt beobachten. Albert war rund wie ein Kessel, und wenn er grinste, sah man seine lustig vorstehenden großen Zähne. Er hielt sich selbst für einen Medizinmann und trug einen Kranz aus Bärenklauen um den Hals. Neben ihm ging der große, gut aussehende Fischschwanz. Er hatte auffallend langes, dickes, eingefettetes schwarzes Haar. Sein hageres Gesicht erinnerte an einen Habicht, und er hatte stolz geschwungene Lippen. Er hielt seine Pfeife in den linken Arm geschmiegt, nah am Herzen.

Es war eine besonders edle Pfeife, die aus ganz fein gemasertem Holz gefertigt war. Vom Stiel der Pfeife hingen Bänder herab, die liebevoll mit schwarzen und gelben Perlen verziert waren. Diese Pfeife hütete Fischschwanz wie seinen Augapfel. Er reinigte sie oft und betete jeden Morgen bei Sonnenaufgang mit ihr. Für ihn war sie ein lebendiges Wesen. Der Kopf aus rotem Pfeifenstein war wie der Kopf eines Otters geformt; das war das Totemtier seines Clans. Winzige dunkelblaue Perlen hingen an Fransen herab, und Fischschwanz berührte sie sanft und zärtlich, während er mit ruhigen Schritten weiterging.

Deydey kam seinen Freunden entgegen, und die Männer scherzten und redeten, bevor sie ihre Decken auf der Erde ausbreiteten und es sich bequem machten. Omakayas sah, wie ihr Vater seinen Lederbeutel mit süßem *Kinnikinnick* und Asema, Tabak, öffnete. Fischschwanz steckte die Pfeife an und der Duft des Hartriegeltabaks lag friedlich in der Luft. Während sie den Rauch einatmeten, hatten die Männer einen ruhigen, konzentrierten Gesichtsausdruck. Zweimal ging die Pfeife herum, bis jemand etwas sagte.

Was sie sagten, ließ Omakayas und Angeline noch tiefer ins Gebüsch kriechen, noch aufmerksamer lauschen. In ihrem Versteck zwischen Gras und Gestrüpp atmeten sie ruhig und spitzten die Ohren um auch die gedämpften Töne der Männerstimmen mitzubekommen.

»*Chimookoman*«, knurrte Fischschwanz unwillig.

Das Wort bedeutete ›großes Messer‹ und bezeichnete die Nichtindianer, die Weißen, die in größerer Zahl denn je ins Land der Ojibwa kamen und dort ihre Hütten und Forts errichteten, ihre Ställe, Gärten, Weiden, Zäune, Pelzhandelsstationen, Kirchen und Missionsschulen. Mit jedem Tag wurde der Einfluss des Chimookoman in LaPointe größer, und man sprach davon, dass die Anishinabeg in den Westen geschickt werden sollten.

»Sie sagen, dass wir die Insel verlassen müssen«, fuhr Fischschwanz fort.

Darauf entgegnete niemand etwas. Die Brennnesseln stachen Omakayas, und sie fuhr sich vorsichtig mit der Hand ans Bein und kratzte. Sie kratzte lautlos und hörte weiter zu.

»Stimmt«, sagte ihr Vater schließlich, und Verachtung schwang in seiner Stimme. »Das sagen sie. Die, die nichts taugen.«

Albert LaPautre zog an der Pfeife und legte die Stirn in Falten. Er stocherte in der brennenden Pfeife, damit sie besser zog. Dann nahm er einen tiefen Zug und blies einen großen Schwall Rauch aus. Wie Deydey hatte LaPautre französisches Blut in den Adern, doch er war dunkler als Fischschwanz. Seine Augen waren grünlich-braun. Sein rundes, fröhliches Gesicht glänzte. Er seufzte und sagte mit einem Blick, der in die Ferne gerichtet war, er habe eine Vision gehabt. Fischschwanz und Deydey schauten ihn ausdruckslos und geduldig an, denn LaPautre war bekannt dafür, dass die Visionen und Träume, die er zum Besten gab, nicht viel zu bedeuten hatten, wenn sie ihn selbst auch stark zu beeindrucken schienen. Jetzt sah er ernst zu Boden und sammelte seine Gedanken. Plötzlich platzte es aus ihm heraus: »Ich hab geträumt, ich hätte Läuse!«

Angeline und Omakayas schlugen sich im Dickicht die Hände vor den Mund um ihr Lachen zu ersticken. Deydey und Fischschwanz gelang es, keine Miene zu verziehen, doch Omakayas war sich sicher, ein Zucken um Deydeys Mundwinkel gesehen zu haben. Albert LaPautre seufzte. »Ich weiß nicht so recht, was das bedeuten soll«, murmelte er.

»Lasst uns versuchen den Traum zu deuten«, sagte Deydey. Seine Stimme klang ernst, doch die Mädchen wussten beide, dass er LaPautre auf den Arm nahm. »Ist in deinem Traum sonst noch was passiert?« LaPautre runzelte die Stirn, als laste das Gewicht seiner Vision schwer auf ihm. »Ja«, sagte er, »wir haben ein Tanzfest geplant!«

»Aha!«, sagte Deydey, »jetzt verstehe ich, was dir der Traum sagen soll! Das war tatsächlich ein bedeutsamer Traum!«

»Was denn?«, fragte LaPautre atemlos.

»Von jetzt an musst du dich beim Tanzen«, sagte Deydey ohne die Spur eines Lächelns, »immer ganz heftig bewegen um die Läuse abzuschütteln.«

»Ja?«, fragte LaPautre misstrauisch. Doch weder Deydey noch Fischschwanz ließen durchblicken, dass diese Deutung nur ein Scherz war.

»Vielleicht«, sagte LaPautre, »sollte ich euch erzählen, was ich mir selbst denke.« Und zu Angelines und Omakayas' Entsetzen erzählte er den anderen, dass er überlege, mit seiner ganzen Familie, allen zehn Kindern, Onkeln, Großmüttern und Großvätern in den Westen zu ziehen, wo man, wie er gehört habe, Geld von der Regierung bekomme.

Omakayas stieß Angeline an. Diese Kinder waren ihre Freunde. Allein die Vorstellung, dass sie wegziehen würden ...! Omakayas hätte fast laut aufgeschrien, doch Angeline versetzte ihr einen Stoß, damit sie den Mund hielt.

Auf ihrem eigenen Land weiter westlich würden alle Ojibwa in Sicherheit sein, sagte Albert. Dort würde man sie in Ruhe lassen. Natürlich, auf dem Weg dorthin lauerten Gefahren – Dakota-Indianer auf dem Kriegspfad, Hunger und andere Bedrohungen des harten Winters. Er würde lieber hier bleiben. Trotzdem, sagte der unbeschwerte Albert, es wäre nicht das erste Mal, dass er seine Sachen packen würde, weil ihm die Welle des weißen Mannes über die Füße geschwappt sei.

»Westen, immer weiter nach Westen«, sagte Deydey, der Albert langsam zustimmte. »Wir hören die Chimookoman-Axt in den Wäldern klingen, wie sie gegen einen Baum schlägt. Wir sollten verschwinden, bevor der Baum fällt.«

»Irgendwo müssen wir eines Tages doch bleiben.« Fischschwanz zog nachdenklich an der Pfeife und der duftende Rauch hüllte sein Gesicht in eine Wolke. »Der Westen ist dort, wo die Geister der Toten herumwandern. Wenn die Weißen uns immer weiter in den Westen treiben, landen wir schließlich im Reich der Geister.«

»In meinem Traum wollten sie jedenfalls, dass wir dort hinziehen«, sagte Albert. »Dann werden sie sich zufrieden geben.«

»Sie sind wie habgierige Kinder. Sie werden sich mit nichts lange zufrieden geben«, sagte Deydey. Sein Großvater war Franzose gewesen, doch Deydey war als Ojibwa aufgewachsen und betrachtete sich auch als solcher. Er hielt sich an die Regeln des Clans seiner Mutter, des Katzenwels-Clans. An die Regeln der *Awausesee*. Nur auf manche Dinge der *Chimookomanug*, zum Beispiel seine Hütte und seine Fähigkeit, den Händler im Schach zu schlagen, dem Spiel des weißen Mannes, war er insgeheim stolz.

»Erst wenn sie alles haben«, sagte Fischschwanz. »Unser ganzes Land. Unsere Wildreisfelder, unsere Jagdgründe, unsere Flüsse zum Fischen, unsere Gärten. Sie werden noch nicht mal zufrieden sein, wenn wir weg sind und sie die Gebeine unserer Lieben haben. Darüber habe ich nachgedacht.«

Fischschwanz hob die Hand und sah seine Freunde eindringlich an. »Bevor sie geboren wurden und in diese Welt kamen, müssen die Chimookomanug als Geister verhungert sein. Sie sind unersättlich.«

Die Männer zogen den Rauch immer heftiger ein, und als der Wind aufkam und die Dunkelheit sich senkte, schauten sie tief ins Feuer. Deydey war nachdenklich, sein Blick düster und verhangen. Selbst LaPautre sah ernst aus; die Grübchen in seinen Wangen bewegten sich nicht. Omakayas und Angeline auf ihrem Posten im Gebüsch warteten darauf, dass die Männer weitersprächen, doch vermutlich grübelten sie über Fischschwanz' schwierige Worte nach. Für diesen Tag jedenfalls blieben sie stumm.

SECHSTES KAPITEL

GRAPSCH

Großer Grapsch handelte sich Ärger ein und das freute Omakayas.

Es geschah eines Tages, als Mama einen Strauch mit späten Würgkirschen entdeckte. Sie waren prall und so reif, dass sie eine satte schwarzrote Farbe angenommen hatten. Mama pflückte, bis ihre Fingerspitzen schwarzrot waren. Als sie mit ihrer Ladung Kirschen zurückkam, richtete sie den Blick auf Großer Grapsch.

»Ich hab was für dich zu tun«, sagte sie. Er riss die Augen auf und zog einen Flunsch. Sie achtete gar nicht auf sein böses Gesicht.

»Ich breite diese Kirschen hier zum Trocknen auf der

Birkenrinde aus«, fuhr sie fort, und dann begann sie die Beeren an der wärmsten und sonnigsten Stelle, die sie finden konnte, auf sauberer Birkenrinde zu verteilen. »Die musst du jetzt gut im Auge behalten, Großer Grapsch. Lass die Vögel nicht herankommen. Hör mir gut zu, mein Sohn.« Mama verengte die Augen, damit Grapsch wusste, dass sie ihm eine wichtige Aufgabe anvertraute. »Das ist unser Gewürz und unser Essen für den Winter. Wenn wir im kleinen Mond der Geister hungrig sind, wirst du froh sein, dass wir diese Kirschen haben.«

Sie gab Großer Grapsch einen langen Farnzweig zum Wedeln und befahl ihm, sich neben die Kirschen zu setzen. Dann drehte sie sich um und ging zusammen mit Großmutter zum See um die Fischnetze zu untersuchen. Neewo nahm sie mit, legte ihn vorsichtig in seinen *Tikinagun* und streichelte und küsste ihn. Angeline und Omakayas wurden in die Stadt geschickt. Sie sollten die Hütte der Familie ausfegen und für den Umzug im Winter vorbereiten. Großer Grapsch blieb allein zurück.

Es war schwer, Großer Grapsch zu sein, schwerer, als seine Schwestern je ahnen würden. Sie konnten nicht verstehen, was für ein herrliches Gefühl es war, einen Magen zu füllen, der so selten voll wurde. Sie wussten nicht, was für ein herrliches Gefühl es war, sich eine Hand voll Kirschen nach der anderen in den gierigen Mund zu schaufeln. Grapsch sah die Kirschen an. Gelangweilt verscheuchte er ein paar kleine Meisen. Andeg leistete ihm auf einem kleinen Zweig Gesellschaft. Doch Andeg war nicht so dumm, die Kirschen zu fressen. Wenn diese Kirschen, dachte Grapsch betrübt, nur nicht so *köstlich* aussähen! Die Würgkirschen, die Mama gefunden hatte, waren außergewöhnlich saftig. So dicke, fette Kirschen hatte Grapsch noch nie gesehen! Es konnte doch nicht so schlimm sein, wenn er ein paar davon essen würde. Grapsch stibitzte eine, dann noch ein paar, dann eine ganze Hand voll. Andeg krächzte drei Mal. Es klang missbilligend. Grapsch schnitt dem Vogel eine Grimasse. Die Kirschen schmeckten genauso gut, wie sie aussahen, noch besser sogar. Voller, schwärzer, ohne diesen typischen Würgkirschengeschmack, der einem alles im Mund zusammenzog. Er könnte ruhig noch eine Hand voll essen.

Und, dachte er, kaum dass er die zweite Hand voll aufgegessen hatte, noch eine Hand voll könnte nicht schaden. Und er nahm ein paar von der einen Seite. Dann nahm er zum Ausgleich ein paar von der anderen Seite. Dann wieder von der einen. Er verteilte die Kirschen, sodass die Birkenrinde wieder voll aussah. Grapsch wartete eine Weile. Langsam, so langsam arbeitete die Sonne, und es dauerte so lange, bis die Kirschen trockneten. Grapsch versuchte sich die Zeit zu vertreiben, aber das war unmöglich, weil er niemanden hatte, den er hätte ärgern können. Andeg wollte auch nicht mit ihm spielen und flog außer Reichweite. Grapsch hatte niemanden zum Ärgern außer sich selbst!

Noch eine Hand voll. Noch eine und noch eine. Und wieder legte Grapsch die Kirschen zurecht. Wieder schienen jede Menge Kirschen auf der Birkenrinde zu liegen – sie waren ziemlich großzügig verteilt, das schon, aber die Rinde sah gefüllt aus. Er fuhr fort die Kirschen zu naschen, auseinander zu legen und wieder zurechtzurücken, bis ihn der Schlaf übermannte, er sich zusammenrollte und einnickte.

»Graaapsch!« Das war Mamas drohende Stimme. Sie stand hoch über ihm und fiel auf seine kunstvolle Anordnung der Kirschen nicht im Mindesten herein. »Was ist passiert? Wo sind die Kirschen, die ich gepflückt hatte, du Schlafmütze?«

Grapsch wachte auf, fuhr hoch, rieb sich die Augen und blinzelte. Es stimmte! Auf der Rinde waren nur wenige Kirschen. Hatte er so viele gegessen? Wie konnte er nur? Großer Grapsch war entsetzt und er schämte sich fürchterlich.

»Graaaapschsch!« Jetzt rief Mama mit ihrer zornigsten Stimme, und Grapsch fühlte sich so schrecklich,
dass sein Gehirn raste und er plötzlich auf eine Lüge
verfiel, mit der er die Schuld auf jemand anderen
schieben konnte.

»Andeg hat sie aufgefressen. Böser Andeg!«

Grapsch zeigte nach oben, und Andeg, der außer
Reichweite auf einem hohen Zweig saß, sah tatsächlich schuldbewusst aus, als er zu ihnen herunterblickte und sich sein neues Gefieder putzte. Voller
Wut darüber, dass all ihre Arbeit umsonst gewesen
war, drohte Mama Andeg mit der Faust und rief:

»Komm her und friss die restlichen auch noch auf!«

Andeg, der kein Wort verstand, hüpfte herunter, bis
er ganz in ihrer Nähe war, und legte freundlich den
Kopf schief, als wollte er sagen: »Ehrlich?«

»*AAAAYaaaah!*«

Mama nahm Andegs Freundlichkeit als Zeichen
dafür, dass er die Kirschen tatsächlich gefressen
hatte. Sie griff nach einem Stock und schüttelte ihn
heftig. Andeg kreischte erschrocken auf. Mit einem
Schrei holte sie aus, zielte auf den Vogel und schleuderte den Stock nach ihm.

»Kraaaah!« Sie hatte Andeg erwischt. Obwohl er
nicht ernstlich getroffen war, hüpfte er voller Angst
von Ast zu Ast und flatterte außer Reichweite, dann

weiter und noch weiter davon, bis er nicht mehr zu sehen war.

»Siehst du jetzt, wozu du mich getrieben hast?«, rief Mama, aber dann setzte sie sich sofort voller Reue hin, denn sie wusste, dass der Fehler im Grunde bei ihr lag. »Ich muss lernen, mich besser zu beherrschen. Ich muss, ich muss.« Sie schüttelte den Kopf. »Wie konnte ich nur?« Jetzt war das Haustier ihrer Tochter verschreckt, und selbst wenn der Vogel alle Kirschen gefressen hatte, die sie so mühsam gepflückt hatte, so liebte Mama ihn doch und hatte ihn nicht verscheuchen wollen. Wie sehr sich der Vogel jetzt von den Menschen betrogen fühlen musste, dachte sie schuldbewusst. Sie selbst hatte ihm noch beigebracht, ihr aus der Hand zu fressen! Jetzt hatte sie ihn vertrieben.

»Komm zurück!«, rief sie hoffnungsvoll in den Wald und sprang auf. »*Ombay!*«

Doch der Vogel, der in seiner Verwirrung noch immer laut schrie, floh nur noch tiefer in den Wald. Traurig und beschämt setzte Mama sich wieder hin. So fand Omakayas ihre Mutter, als sie von ihren Besorgungen aus der Stadt zurückkam. Mama berichtete ihr, was passiert war, dass Andeg die Kirschen gefressen habe, auf die Grapsch aufpassen sollte, dass sie wütend geworden sei und Andeg verscheucht habe und dass es ihr jetzt Leid tue und sie Omakayas helfen würde, den Vogel wiederzufinden.

»Zu dir kommt er ganz bestimmt«, sagte Mama.

Noch während sie erklärte, wie es hatte passieren können, dass sie so die Beherrschung verloren hatte, und wie viel Mühe es gewesen war, diese Kirschen zu pflücken, fing Großer Grapsch an zu stöhnen.

»Was hast du?«, fragte Mama.

»Oooooh!« Großer Grapsch legte sich hin und hielt sich den Bauch. »Tut das weh! Oooooh! Tut das weh!«

»Was?«

Mama beugte sich über ihren Sohn und sah ihn prüfend an. »Bauchschmerzen, wie?« Sofort wurde sie misstrauisch. Mit sanfter Gewalt nahm sie seine Hände in ihre, bog sie auseinander, sah die verräterischen Saftspuren der zerdrückten Kirschen, die seine Fingerspitzen dunkel gefärbt hatten, und dann das klägliche, kirschbefleckte Lächeln, das seine Schuld besiegelte.

»Grapsch«, sagte sie, und jetzt lag etwas Schlimmeres als Wut in ihrer Stimme. Es war Enttäuschung. »Du hast gelogen. Du weißt doch, dass Lügner nachts vom Geisterfuß mitgenommen werden! Und was die Bauchschmerzen angeht, da gibt es nur eine einzige Medizin: Du musst die Folgen deiner Gier ertragen.

Das musst du jetzt aushalten, Grapsch. Vielleicht wird dir das eine Lehre sein.«

Daraufhin ließen sie und Omakayas ihn bei Angeline zurück und gingen in den Wald um Andeg zu suchen.

Sie mussten nicht weit gehen, da hörten sie schon Andegs unverwechselbares Krächzen. »Kraak! Kraaa-kraak!«

»Da ist er!«, sagte Mama und zeigte zu einem Baum. »Geh du zu ihm, Omakayas. Mir traut er nicht, und ich kann es ihm nicht verdenken.« Sie gab Omakayas eine Kruste Maisbrot, eine schöne Leckerei, und schickte sie vor, während sie selbst in Sichtweite bleiben wollte für den Fall, dass Omakayas sie bräuchte. Und Mama sollte auch froh darüber sein, dass sie in der Nähe geblieben war, denn es geschah etwas Seltsames, das sie sich nicht erklären konnte.

Weit vor sich hörte sie Zweige knacken und ein Geräusch, das sie nur zu gut kannte, ein leises Schnaufen. Bären. Hoch in den Eichen kletterten die pummeligen Bärenjungen über die dünnsten Äste und stopften sich mit Eicheln voll. Wieder ein Krachen. Dann ein lautes Quieken. Einer der Bären hatte sich in seiner Neugier zu weit vorgewagt und war vom Baum gepurzelt. Er rappelte sich auf und stellte sich auf die Hinterbeine. Sein eichelpraller Bauch stand vor wie der von LaPautre. Da sah Mama, wie die beiden kleinen Bären davontapsten und durch den Wald zu Omakayas liefen.

»Tochter!«, rief sie. Bären sind scheu, und diese beiden würden Omakayas bestimmt nicht nahe kommen und sie angreifen. Andererseits konnten sie gefährlich werden, vor allem, wenn sie verletzt waren oder wenn man sie ärgerte. Mama lief Omakayas nach, doch dann blieb sie stehen, weil sie Angst hatte, das zu zerstören, was sich vor ihren Augen abspielte. Die beiden Bärenjungen sprangen neugierig auf ihre Tochter zu. Sie sah, wie Omakayas sich ruckartig zu den Bären umdrehte und die beiden dann, nachdem sie sich von ihrer Überraschung erholt hatte, begrüßte. Sie stand ganz ruhig vor ihnen und lächelte sie an! Die nächste Überraschung, die Mama den Schreck in die Glieder fahren ließ, war eine riesige Bärin, wohlgenährt für den Winter, die geräuschlos und ohne Vorwarnung aus dem Unterholz kam und an Omakayas vorbeiging, ohne dieses menschliche Wesen als störenden Fremdkörper wahrzunehmen. Und die kleinen Bären? Sprach Omakayas mit ihnen? Mama konnte es nicht erkennen. Sie schlich sich näher heran und lauschte den Worten ihrer Tochter.

»*Ahneen, Neshemay*«, sagte sie zu dem Bären, der ihr

am nächsten war. »Du bist dick geworden!« Sie lächelte über ihre plumpen, pummeligen Körper. Wie groß sie geworden waren! Den Sommer über waren sie so gewachsen, dass sie jetzt viel schwerer waren als Omakayas selbst. Doch sie waren immer noch scheu und kamen nicht bis zu ihren Fingerspitzen heran, als sie mit ihnen sprach.

»Ihr bereitet euch also auf den Winterschlaf vor«, sagte sie und hielt ihnen das Maisbrot hin. »Hier, meine Brüder, schlaft gut!«

Die Bären standen vor ihr und beschnupperten das unbekannte Maisbrot. Dann beugten sich beide zu dem Brot herab, das sie in den Händen hielt, nahmen es mit ihrer muskulösen Zunge auf und sprangen schließlich in den Wald hinter ihrer Mutter her, die ihre beiden Anhängsel offenbar schon ein kleines bisschen leid war und grummelte, weil sie schlafen wollte.

An diesem Abend kam Andeg zurück und setzte sich in die Nähe des Kochfeuers im Freien, blieb jedoch außerhalb der Runde. Als Omakayas ihn mit einem Stückchen gebratenem Fleisch anlockte, kam er ein bisschen näher gehüpft. Mama traute er jedoch nie wieder. Nie mehr ließ er sich in ihrer Nähe nieder, um ihr bei der Arbeit zuzuschauen und den Kopf dabei von einer Seite auf die andere zu legen, als wollte er von ihr lernen. Zwar warnte er sie noch immer vor Tieren oder Fremden, doch nachdem sie einmal die Beherrschung verloren hatte, blieb er ihr gegenüber immer misstrauisch und hielt sich von ihr fern, was sie sehr bekümmerte.

In der Winterhütte war Andeg jedoch eine große Hilfe. Während Omakayas einen Topf voll Schlamm nach dem anderen zur Hütte schaffte und zusammen mit Angeline die Risse stopfte, die sich während der heißen Zeit gebildet hatten, ging Andeg auf die Jagd. Seine Wachsamkeit und seine Abneigung gegen Mäuse kamen der Familie bei ihren Anstrengungen zugute, die Hütte winterfest zu machen. Er jagte Mäuse, versuchte auf sie niederzustoßen, fegte sie mit den Flügeln weg und fing sogar ein paar, die er dann wie zur Warnung ordentlich pickte. Und sie kamen nie wieder. Sie suchten sich andere Hütten und Wigwams, wo es nicht so eine schreckliche Krähe gab, die sie ärgerte.

Jetzt war es an der Zeit, den Wildreis zu ernten, der gegenüber der Insel in den großen Sümpfen von Ka-kagon wuchs, wo Mamas Bruder und eine ihrer Schwestern lebten. Auf diese Zeit des Jahres freuten sich alle, weil sie dann ihre Cousinen und Cousins sehen würden, in den Reisfeldern spielen, reden, feiern, noch mehr reden, noch mehr Verwandte besuchen und feiern würden. Eines Morgens in der Frühe fuhren sie alle mit dem Kanu los, das sie vor einem Jahr gebaut hatten. Es war ein wunderschönes Kanu, leicht und stabil, und Großmutter, die es sorgfältig wartete und es in einer eigenen Hütte am Seeufer unterstellte, hatte es mit Pech wasserdicht gemacht. Sie stiegen alle ins Kanu – Mama zum Paddeln und Steuern nach hinten, Großmutter nach vorne, um zwischendurch Angeline abzulösen, die Neewo in seiner Kindertrage hielt. Sie passten alle ins Kanu und dann war immer noch reichlich Platz. Diesen Platz, so hofften sie, würden sie mit Wildreis, *Manomin*, füllen, den guten Körnern, die sie durch den Winter bringen würden.

Omakayas beneidete ihre große Schwester. Zu gern hätte sie selbst ihren lächelnden Babybruder gehalten und mit ihm gespielt. Neewo hatte jetzt einen zweiten Zahn und schien darauf noch stolzer zu sein als auf den ersten. Omakayas hatte für ihn ein Stückchen hartes Maisbrot aufbewahrt, auf dem er kauen konnte, und steckte es ihm in den Mund. Neewo nahm es, ohne sie zu beißen. Omakayas legte einen Finger an seine Wange und streichelte sanft darüber. Warum, warum nur musste ausgerechnet sie sich um Großer Grapsch kümmern? Sie seufzte und drehte sich zu ihm um. Sie war für ihn zuständig, oder er war für sie zuständig – wie herum, wusste sie auch nicht genau, denn es war einer dieser Tage, an denen er nur Unsinn im Kopf hatte und sie ihn mit nichts zufrieden stellen konnte. Andeg hatte es sich für die lange Reise auf Omakayas' Schulter bequem gemacht und fühlte mit ihr. Er wusste, dass Grapsch etwas mit dem schlimmen Tag zu tun hatte, an dem Mama die Beherrschung verloren hatte.

Bevor sie losfuhren, spendete Großmutter dem Wasser etwas von ihrem Tabak und bat um eine sichere und ruhige Überfahrt. Die Sonne war mild und die Wellen waren seicht, der Wind blies frisch, aber immer noch warm, und alles wäre wunderbar gewesen, wenn Grapsch nicht die ganze Zeit Andeg geärgert hätte. Jedes Mal, wenn er glaubte, dass keiner hinsah, versuchte er Andeg eine Feder aus dem Schwanz zu rupfen.

»*Gaygo*, Grapsch«, sagte Omakayas.

»*Gaygo*, Grapsch«, sagte Angeline.

»*Gaygo*, Grapsch«, sagte Mama, als er es wieder versuchte.

»*Gaygo*, Grapsch«, sagte Großmutter müde.

»*Gaygo*, Grapsch«, sagte Omakayas wieder.

Sie mussten es während dieser Überfahrt öfter gesagt

haben, als sie Fische oder Wellen sahen! Sie sagten es so oft, dass sie ihre eigenen Worte gar nicht mehr hörten. Lass das, Grapsch! *Gaygo*, Grapsch! Lass das! Lass das! Und es war genauso, wie wenn sie es an Land sagten: Grapsch gehorchte einfach nicht. Immer wieder versuchte er Andeg eine Feder auszurupfen. Schließlich erwischte Grapsch die schwarze Spitze von Andegs ganzem Stolz, seinem Schwanz.

»*Gaygo*, Grapsch!«

Alle hielten den Atem an. Diesmal war es Andeg, der gesprochen hatte! Vor Schreck über das heisere Krächzen der Krähe wäre Grapsch beinahe über Bord gefallen, und er stieß sie alle beinahe um, als er in seiner Panik zu Mama rannte, die, natürlich, »*Gaygo*, Grapsch!« rief, woraufhin Andeg mit den Flügeln schlug und noch einmal »*Gaygo*, Grapsch!« sagte, und da fing Grapsch an zu weinen – eine Blamage, über die er nie ganz hinwegkam. Von da an betrachtete er Andeg mit widerstrebender Ehrfurcht, behandelte ihn mit verhohlenem Respekt, und als Nokomis ihm sagte, mit seinen Frechheiten verärgere er sogar die Tiere, benahm er sich tatsächlich für ganz kurze Zeit ein kleines bisschen besser.

»Warte nur, bis du hörst, was *Mukwah*, der Bär, sagt oder Großvater Eule! Denk mal daran!«, schimpfte Nokomis.

Aber daran wollte Grapsch gar nicht denken.

Als sie vom See in den Fluss einfuhren und auf das Reisfeld zupaddelten, bemerkte Großmutter enttäuscht, wie dünn die Rispen waren. Zu viel stehendes Wasser im Frühjahr hatte sie zu schnell wachsen lassen. Die Ähren einiger Pflanzen hingen im Wasser. Großmutter runzelte die Stirn. Das würde eine magere Ernte geben, es sei denn, in den anderen Reisbetten stünde das Wasser niedriger. Sie kamen zum Ufer des Feldes, und dort erfuhren die Erwachsenen mitten in der allgemeinen Wiedersehensfreude, dass der Reis in diesem Jahr tatsächlich knapp war. Das waren keine guten Neuigkeiten, doch die Kinder kümmerte das herzlich wenig. Nichts konnte ihnen den Spaß verderben! Omakayas rannte sofort mit Andeg los, der neben ihr herflatterte, um Cousinen und Cousins ihren Freund vorzustellen.

Dort unter dem Baum traf sie Wishkobs Töchter, Kleine Biene und Zwielicht, und ihre Cousinen und Cousins, darunter Tatah, einen dünnen, stillen Jungen, der nur wenig jünger war als Omakayas. Er war der Sohn von Akewaynzee, dem Bruder ihrer Mutter. Jedes Mal, wenn Omakayas Tatah sah, kribbelte es sie, dem stillen Cousin einen Streich zu spielen, und sie überlegte, was sie sich einfallen lassen könnte. Seine großen Brüder waren wild und immer in Bewegung, und er hatte eine Schwester, die als starke, flinke Läuferin bekannt war. Sie hieß Zwei Schläge und konnte besser jagen und kämpfen als die meisten Jungen. Zu den Sachen, die Mädchen normalerweise tun, musste man sie immer zwingen, und ihre Mutter und Großmutter hatten es schließlich aufgegeben.

»Dieses Jahr tanze ich den Reis!«, erzählte Zwei Schläge Omakayas sofort. Das war eigentlich die Aufgabe der Jungen, doch sie hatte den Reishäuptling überredet, dass sie es dieses Jahr machen durfte.

Früh am nächsten Morgen segnete der Reishäuptling die Ernte und Mama und Tante Bisam stiegen ins Kanu. Während Tante Bisam von hinten stakte, bog Mama mit ihren Reisstöcken die Rispen zu sich herüber und schlug die Reiskörner so ab, dass sie auf den Kanuboden fielen. Obwohl die Ernte nicht großartig war, gab es auch in diesem Jahr Reis für alle und, wie immer, unvermeidliche Arbeit. Omakayas grummelte, als Großmutter sie bat Schilf zu pflücken.

»Nimm Zwei Schläge mit«, befahl sie. »Pflückt so viel, dass es für zwei Matten reicht.«

Also gingen Omakayas und ihre Cousine zu der Seite des Sumpfes, wo das breiteste Schilf wuchs, und mit ihren Messern schnitten sie Bund für Bund unter der

Wasseroberfläche ab, bis sie große Bündel hatten, die sie auf den Schultern zurück zum Lager trugen.

»Da«, sagte Zwei Schläge und warf ihre Ladung ab. Sie wollte sofort davonlaufen, doch Großmutter hielt sie fest.

»Du bleibst hier«, befahl Großmutter, »und hilfst deiner Cousine weben.«

Zwei Schläge guckte erschrocken und dann entsetzt über die Vorstellung, Mädchenarbeit verrichten zu müssen. Weil der Befehl aber von Großmutter kam, setzte sie sich dennoch neben Omakayas und begann aus dem Schilf feste, einfache Matten zu weben, auf denen sie den Reis räuchern würden. Das große Feuer, das Mama angezündet hatte, brannte bis auf die Glut hinunter, und während sich die Finger der Mädchen unwillig bewegten, war Grapsch ebenso unwillig dabei, altes Ahornholz zu sammeln, das sie zum Reisräuchern brauchen würden.

Als er einige eingesunkene Haufen des bröseligen Ahornholzes beisammen hatte und als die Matten fertig waren – die von Omakayas gleichmäßig und fest gewebt, die von Zwei Schläge krumm und löchrig –, nahm Mama die Matten und legte sie über das rauchende Ahornfeuer. Auf die Matten kippte sie den Reis, der, als die Matten richtig durchgeheizt waren, einen sehr feinen nussigen Duft verströmte. Mit

einem Rechen, den sie sich aus einem mit den Wurzeln ausgerissenen Hartriegelstock gemacht hatten,
wendeten die beiden Mädchen den Reis wieder und
wieder. Auf diese Weise wurden die Körner geräuchert und geröstet. Während der Reis briet, nahm er
den Ahorngeschmack an.

»Ich halte das hier nicht mehr aus!«, rief Zwei
Schläge nach einer Weile und warf den Stock zu Boden. »Wenn ich schon arbeiten muss, will ich wenigstens ein bisschen Spaß dabei haben!«

Sie rannte zu einer mit Rinde ausgelegten Grube,
sprang hinein und begann in so wildem Tempo Reis
zu treten, dass alle um sie herum in Gelächter aus-
brachen. An diesen Anblick der ungeduldigen Zwei
Schläge, die den Reis tanzte, würde sich Omakayas in
dem tiefen Winter dieses Jahres noch lange erinnern.
Ihr Gesicht strahlte und war erhitzt vor Anstrengung.
Sie war unermüdlich. Den ganzen Tag und auch den
folgenden bewegten sich Zwei Schläges Beine auf
und ab, und ihre Füße in den sauberen neuen Mokassins zerstampften die harten Spelzen. Sie gönnte
sich keine Pause. Und die ganze Zeit leuchteten ihre
Augen, strahlten ihre weißen Zähne in einem breiten
Lächeln. Andeg saß auf einem Ast über ihr und
tanzte mit ihr auf und ab.

»Komm und hilf mir«, rief sie Omakayas zu. Mit einem Gefühl von Stolz und Wagemut sprang Omakayas in die Grube, um ihrer Cousine zu helfen. Die beiden fassten sich an den Händen und sprangen auf und ab, Tag für Tag, Nacht für Nacht. Zwar konnte die Familie nicht so viel Reis mit nach Hause nehmen, wie sie gebraucht hätte, doch Omakayas und Zwei Schläge wurden so gute Freundinnen, dass sie einander von nun an immer Schwester nannten.

SIEBTES KAPITEL

DER UMZUG

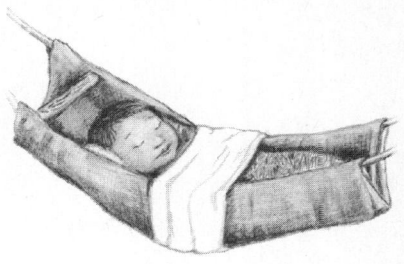

Deydey brach zu seiner Reise auf und der Rest der Familie arbeitete hart, um möglichst viele Vorräte für den Winter beiseite zu schaffen. Tagelang trockneten und rösteten die Mädchen den Mais, den sie vor den hungrigen Vögeln gerettet hatten. In einem Eisentopf rührten sie den Mais wieder und wieder über einem niedrigen Feuer um. Alter Talg bewahrte in ihrem Garten einen ausgehöhlten Baumstamm und einen großen runden Stock auf, und damit mahlte Nokomis einen Teil von dem Mais zu Mehl. Während Nokomis den Mais bearbeitete, nahm Alter Talg Fische aus und trocknete sie auf einem großen Gestell, das sie über einem speziellen Feuer aufbaute.

Dieses Feuer bestückte sie Tag und Nacht mit Zedernholz, damit der Fisch ein besonderes Aroma bekam. Die Kohle, die vom Zedernholz übrig blieb, bewahrte sie auf und mischte sie mit Kiefernpech. Mit dieser Mischung ließen sich die Ritzen ihrer Kanus hervorragend abdichten.

An der Nordwand der Winterhütte hatte Deydey einen einfachen Schuppen angebaut. In diesem Holzschuppen hatte er ein tiefes rundes Loch in die Erde gegraben. Angeline und Mama verbrachten einen Vormittag damit, den Boden des Lochs mit Birkenrinde auszulegen. Sie machten einen festen Behälter aus Rinde, wie einen großen *Makuk*, und legten ihn mit Heubündeln aus. Dann nahmen sie noch mehr gewölbte Rindenstücke und legten sie hinein. Das war ihre Vorratskammer. In die Erdgrube legte Mama zuerst mehrere Packen Fisch und Rehfleisch, jeweils getrocknet und geräuchert und vorsichtig zwischen zwei Schichten Rinde zusammengebunden. Als diese Packen sorgfältig auf dem Boden verstaut waren, bat Mama Omakayas die Ledertaschen mit geröstetem Mais zu holen. Sie hatten auch einige *Makuks* mit Wildreis vom Herbst, obwohl die Ernte so dürr gewesen war. In den Eingeweiden des Elchs bewahrte Mama das zerstampfte Fleisch und die Trockenbeeren auf, die es zu besonderen Anlässen geben würde. Mama legte sie sorgfältig auf eine Seite, wo sie von Rinde umgeben waren. In die tiefsten Tiefen der Vorratskammer, vor allen außer Omakayas verborgen, legte Mama acht Rindenhütchen mit Ahornzucker. Die waren, wie Omakayas wusste, für die härtesten Zeiten im Winter, wenn etwas Süßes, das sie bei Laune hielt, ebenso überlebenswichtig sein würde wie stärkende Nahrung.

Als alles verstaut war, kam Nokomis um die Vorratskammer zu segnen.

Im warmen Licht des späten Nachmittags hob Großmutter die Arme, wie sie es bei Sonnenaufgang am Wasser tat. Um sie herum wurde es ganz still. Selbst Grapsch hörte auf mit den Füßen zu scharren und sich die Nase zu reiben. Draußen verstummten die Vögel. Der Himmel senkte sich um zu lauschen. Der Wind erstarb. Goldene Blätter blieben in der Luft schweben. Es war, dachte Omakayas, als ob die ganze Schöpfung Nokomis' Worten ihre Aufmerksamkeit schenkte. Auch Omakayas' Herz begann ruhiger zu schlagen und dieses aufgeregte, fahrige Gefühl in ihrem Innern legte sich. Immer wenn Großmutter betete, gab sie der Welt um sie herum ein Gefühl von Schutz und Sicherheit, ja Unendlichkeit.

Nokomis beugte sich vor und betrachtete die Vorratskammer ganz genau um sicherzugehen, dass sie gut gefüllt war.

»*Anishaa*«, sagte sie und atmete ruhig, während sie mit einem kleinen Päckchen Tabak in der Handfläche wieder aufstand. Sie schaute auf den Tabak, berührte ihn liebevoll und bat die Geister um Schutz vor der Kälte. Sie sprach zum Schöpfer. »Wir sind sehr klein«, sagte sie, »wir sind nur Menschen. Hilf uns, diesen Winter zu überstehen. Komm vor allem im härtesten Mond zu uns, im Mond Harscher Schnee, wenn das Fleisch so oft knapp ist, wenn das Eis zu dick ist um viele Fische zu fangen, wenn Krankheit uns schwächt und der Windigo-Geist, der Hungrige, in den Häusern der Anishinabeg umgeht. Oh, *daga*, *weedookaow Anishinabeg. Weedookaow Anishinabeg*«, bat sie.

Ihre Stimme war sanft und doch tief und besorgt. Als sie geendet hatte, tanzte das Schweigen über der kleinen Hütte. Es war, als ob die nahende Kälte ihre Herzen ganz sacht berührt hätte, als ob der Schatten des Windigo durch ihre Köpfe gezogen wäre. Omakayas zitterte. Angeline fasste ihr an die Schulter. Mama strich Grapsch über das stoppelige, strohige Haar. Baby Neewo war der Erste, der einen Laut von sich gab, und dieser Laut war ein plötzlicher Schrei.

In dieser letzten Nacht in ihrem Haus aus Birkenrinde froren sie in ihren Decken und Fellen. Omakayas vermisste den Sommer schon jetzt. Am Morgen hatte Mama kaum das Feuer angezündet, als sie schon alle zu packen anfingen. Mama wärmte die Suppe im Kochtopf auf, füllte Nokomis etwas davon in eine Blechschale und brachte sie ihr, zusammen mit dem Löffel vom Händler. Nokomis aß alles auf, reckte die Arme und sprang leichtfüßig wie ein junges Mädchen aus dem Bett. Sie rieb sich die Hände. Sie liebte es umzuziehen, zu packen, den Ort zu wechseln. Noch ehe die Sonne ihre Strahlen durch den niedrigsten Busch steckte, rollte sie schon sorgfältig die Schilfmatten, die sie gewebt hatte, zusammen. Sie nahm ihre ordentlichen Bündel mit Wurzeln von den Wänden, ihre Taschen mit Beeren und zerbröseltem Laub und langen Fasern vom Innern der Rinde bestimmter Bäume.

Zum ersten Mal bemerkte Omakayas all diese kleinen Bündel und wie geschickt sie zusammengehalten waren. Wie aufregend jedes einzelne roch. Ihre Farben, ihre seltsamen, schrumpeligen Formen. Omakayas half Nokomis dabei, die Bündel abzunehmen und sie sorgfältig in einem Netz zu verstauen.

»Ich trage sie«, sagte sie mit vollen Händen.

»Wir gehen zusammen«, sagte Nokomis und sah

Omakayas aufmerksam zu, als sie eine bestimmte Wurzel berührte, an einem winzigen Päckchen schnupperte und nieste und ein Puder zwischen den Fingern verrieb.

»Sprechen sie zu dir?«, fragte Nokomis forschend, als sie kurz darauf den Pfad entlanggingen. »Hörst du ihre Stimmen?«

»Nein«, sagte Omakayas erschrocken. »Ich höre nichts!«

Als sie eine Weile gegangen waren und die Arzneien schwer wurden, fragte sie:

»Nokomis, sprechen sie denn zu dir?«

Nokomis nickte. »Ja, manchmal erzählen sie mir etwas, aber ich habe natürlich auch gelernt, wie man ihnen zuhört.«

»Und, was erzählen sie dir?«

»Wie ich sie anwenden muss, wenn jemand krank ist, wo man sie findet, wie man sie in genau der richtigen Stärke zubereitet. Ich habe mich schon gefragt, ob sie dich auserwählt haben, zu dir zu sprechen, meine Enkelin. Mir ist aufgefallen, wie still du manchmal bist. Deine Mama hat mir von den Bärenjungen im Wald erzählt.«

»Ja, die sprechen zu mir«, sagte Omakayas und lachte leise, als sie daran dachte, wie merkwürdig, verschlafen und dickköpfig sie die Bärenmutter angeguckt hatten, genau wie Grapsch, wenn er nicht ins Bett wollte.

»Hör ihnen zu.« Nokomis blieb auf dem Pfad stehen. Mit ihren Bündeln im Arm starrte sie Omakayas an, bis diese den Ernst ihrer Worte begriff und auch stehen blieb. Sie sah ihre Großmutter neugierig an und wartete.

»Hör ihnen zu«, sagte Nokomis nur, während sie Omakayas' Gesicht berührte. Sie sprach so ernst und bewegt, dass Omakayas diesen Augenblick niemals vergessen sollte, die Wegkurve, in der sie mit den Medizinbündeln standen, das gütige Gesicht ihrer Großmutter und die Worte, die sie sagte.

Am Ende des Tages war die Hütte wieder ihr Zuhause. Neewo schlief in seinem Winterbett, einer Decke, die auf Seilen befestigt war, sodass er sich sanft in den Schlaf schaukeln konnte. In dem kleinen Kamin, den Deydey aus ganz glatten, dicken, schweren Steinen gebaut hatte, hatte Mama ein Feuer angezündet. Wenn erst einmal ein Feuer darin brannte, war Omakayas immer froh, diesen Kamin zu sehen, denn sie kauerte so manche Winternacht in Decken gehüllt davor, hörte Großmutter zu und starrte so lange auf die Muster in den Steinen vom See, bis sie Dinge in ihnen sah – Gesichter, Tiere –, die ihr mittlerweile vertraut waren. In dieser Nacht war es erst zu warm in der Hütte, um sich in eine Decke zu kuscheln, deshalb setzte sie sich auf eine Matte auf den Erdboden und sah den Flammen zu, deren Schatten über die Steine tanzten.

Da – ein rennender hochbeiniger Hund, das Gesicht einer alten Frau, das Gesicht eines Waschbären, ein Frosch, Omakayas' Namensvetter. Schläfrig begrüßte sie die alten Freunde und dann schlief sie, an ihre Großmutter gelehnt, ein. Mitten in der Nacht erwachte Omakayas fröstelnd. Sie tastete auf dem Boden, bis sie ihre Decke fand, dann kuschelte sie sich schnell hinein, denn heimlich und unerbittlich hatte sich die Kälte in die Hütte geschlichen. Überall um ihre Matten herum war dunkle Luft, die auf sie alle einstach. Sie packte jeden von ihnen bei den Schultern, bei den Füßen, sie packte Omakayas sogar bei den Haaren und der Nasenspitze. Omakayas vergrub das Gesicht im Fell ihrer Decke, schmiegte sich nah an Nokomis' Rücken, und als sie wieder einschlief, kam es ihr vor, als läge etwas Seltsames in der Grimmigkeit der Kälte, die im Laufe der Nacht noch zunahm.

Omakayas wurde überhaupt nicht richtig warm, sie fuhr fort sich zu bewegen, während der kalte Lufthauch immer wieder einen ihrer Füße packte oder ihre Knie eiskalt werden ließ. Die ganze Nacht über wachte sie auf, schlief wieder ein, wachte wieder auf, und erst als die Dunkelheit sich in Dämmerung verwandelte, war ihr so warm, dass sie in einen schweren Traum fiel.

ACHTES KAPITEL

DER ERSTE SCHNEE

In der Hütte war es strahlend hell, in dem Licht lag ein gewisser Glanz, der Omakayas verriet, dass es über Nacht geschneit hatte. Der erste Schnee!
»Ayah!«, schrie Grapsch und warf seine Decke aus Kaninchenfell ab um hinauszulaufen.
»Aber noch nicht auf dem See schlittern!« Mama wusste, was er vorhatte, und rannte hinter ihm her zur Tür um zu verhindern, dass er direkt aufs Eis lief. Zwar war die Kälte ganz plötzlich gekommen und der Schnee war in der Nacht dick und geheimnisvoll gefallen, doch der See war bis auf eine Haut aus zerbrechlichem Eis am Ufer immer noch offen. Die Luft fing schon an sich zu erwärmen, jedenfalls dort, wo

die Sonne kräftig schien. Mama machte sich Sorgen, dass Deydey sein Ziel vor dem Frost womöglich nicht erreichen würde. Wenn nicht, wenn er es nicht schaffte, dann würde er im Zeltlager warten müssen, bis das Eis fest wäre. Dann würden er und seine Männer ihre Schlitten, ihre *Toboggans* übers Eis ziehen, die Felle, die sie den Händlern verkaufen wollten, darüber ausgebreitet.

Jetzt kam Alter Talg den erhellten Pfad entlang. Sie ging mit weit ausholenden Schritten, und ihre Feder wippte zu jedem Schritt im Takt. Ihr langes Gewehr trug sie lose unter einem Arm. Sie grummelte Omakayas ein *Ahneen* zu und stapfte dann ins Unterholz. Omakayas rief zurück, und Alter Talg hob die Hand zu einem hastigen Gruß, ohne sich umzudrehen, um Omakayas anzusehen oder gar anzulächeln. Ihre großen, wölfischen Hunde folgten ihr auf dem Fuß. Der verschlagene gelbe Hund blieb stehen um Omakayas seine verfallenen braunen Zähne zu zeigen, doch sie kümmerte sich überhaupt nicht um ihn. Beim ersten Schnee geriet sie jedes Mal außer sich vor Freude, fühlte sie sich wach und lebendig.

Wie eine funkelnde Decke lag die dünne Schneeschicht über allem und ließ alles weich erscheinen. Jeder einzelne Ast war genau nachgezeichnet. Manche trugen sogar noch Blätter. Omakayas bewunderte das Muster des Schnees auf dem vertrockneten Schilf des Rohrkolbens, dessen pelzige braune Köpfe mit winzigen weißen Häubchen bedeckt waren, sodass sie aussahen wie eine Köstlichkeit. »Lecker, *minopogwud*!« Angeline tat so, als wollte sie hineinbeißen. »Hier, der ist für dich!« Grapsch war nicht nur eine Nervensäge, er konnte auch gut zielen. In dem Moment, als Omakayas sich umdrehte, traf ein harter Schneeball sie an der Wange. Der Schnee brannte. Grapsch hatte ein Steinchen darin versteckt! Der nasse Schnee rann ihr in den Nacken. Wortlos rannte Omakayas zu Grapsch, warf sich auf ihn und begrub ihn, mit dem Gesicht zuerst, in einem Schneehaufen am Wegrand.

»*Gaygo!*« Grapsch heulte und sprang wütend auf, formte noch mehr Schneebälle und rannte hinter seinen lachenden Schwestern her. Doch je schneller er auf seinen kurzen Beinchen rannte, desto schneller galoppierten sie ihm voraus. Er hatte keine Chance sie einzuholen und blieb schließlich stehen. Er ließ sich am Wegrand hinplumpsen und backte, während er in sich hineinmurmelte, noch mehr Schneebälle, bis er einen großen Haufen zusammenhatte. In der Mitte jedes Schneeballs hatte er einen Stein versteckt. Diese Steine würden seinen Schwestern hoffentlich so wehtun, dass sie heulten!

Die Mädchen gingen weiter in die Stadt, denn sie wussten, dass Mama zu tun hatte, und hofften, dass sie sie noch nicht vermissen würde. Es war aufregend, wieder unter Menschen zu wohnen, und beide Mädchen wollten wissen, ob ihre alteFreunde wohl dageblieben waren, um den Winter hier zu verbringen. Sie wollten auch sehen, ob irgendwelche neuen Familien hergezogen waren. Angeline überlegte, auf die katholische Missionsschule zu gehen, und sie wollte sich einmal an dem Blockhaus vorbeischleichen und gucken, ob schon jemand da war und die Zeichen studierte, die der Priester mit einem weichen weißen Stab auf die große schwarze Wand malte. Am Rand des Schulhofs standen Omakayas und Angeline in der Sonne und atmeten den Duft von frischem feuchtem Schnee und frischem knusprigem Brot ein.

Der Singsang der Stimmen aus der Schule schwebte zu ihnen herüber. Omakayas war froh darüber, dass sie draußen waren, doch Angeline lauschte begierig auf die Anweisungen des Priesters. Sie hätte zu gern gewusst, was da drinnen vor sich ging, doch sie erinnerte sich an den Rat der Großmutter: »Mach dir ihre Lebensweise da zu Eigen, wo es dir nützt!«, hatte sie gesagt, »aber vergiss nie deine eigene. Du bist eine Anishinabe. Deine Mutter und deine Großmutter gehören zum Wolfsclan. Vergiss das nicht! Außerdem musst du dich jeden Tag in Schwitzbädern reinigen und in den eiskalten See springen. Die Chimookomanug tun das nicht. Pass auf, dass du nicht so wirst wie sie, mein Mädchen.«

Omakayas lächelte beim Gedanken an Großmutter, als plötzlich lautes Fußgetrampel zu hören war. Große und kleine Kinder kamen lachend zur Hintertür herausgestürmt. Voller Vorfreude stürzten sie zur Pause in den neuen Schnee hinaus um zu spielen und sich mit ein wenig geräuchertem Weißfisch und Brot zu stärken.

»Na so was! *Neshkey!*«, rief Angeline und zeigte verblüfft auf jemanden. Der Mann, der da ernst und bedächtig die Treppen des Schulhauses herunterging, seinen Tabaksbeutel und sein Messer am Gürtel, war niemand anders als Fischschwanz! Was hatte der denn in der Schule zu suchen? Er machte nicht bei den ausgelassenen Spielen der Kinder mit, sondern begab sich von der Schule direkt zu seinem Lager. Fischschwanz lebte am äußersten Rand des Dorfs, versteckt im tiefen Dickicht. Sein Haus war nach alter Tradition gebaut; es war ein Haus aus Birkenrinde. Es war jedoch auch im Winter recht warm, weil er es verstand, die Seitenwände mit Schnee aufzuhäufen, und weil er ein hervorragender Fallensteller war. Sein Haus war immer mit aneinander genähten Häuten ausgelegt; überall hingen üppige Felle, die als Bettdecken dienten, und rotweiß bestickte Stoffe. Seine Frau Zehn Schnee, Angelines beste Freundin, war als exzellente Perlenstickerin bekannt. Die Leute sagten, sie könne Häute so weich gerben, dass sie sich anfühlten wie der glatte Samt, den die Händler verkauften.

»Komm, wir versuchen mal rauszufinden, was er hier macht«, flüsterte Angeline.

»Er war in der Schule«, sagte Omakayas. »Was gibt's da rauszufinden?«

»Und ob es da etwas rauszufinden gibt.« Angeline zeigte auf das Buch in Fischschwanz' Hand, das Bündel Chimookoman-Papier, das bewies, dass er die Schule aus einem bestimmten Grund besucht haben musste.

»Na gut«, sagte Omakayas, die jetzt neugierig geworden war. »Geh du und frag ihn.«

»Was?« Angeline wurde rot.

»Du traust dich nicht!«

»Gar nicht wahr!«

»Wohl wahr.«

Das konnte Angeline nicht auf sich sitzen lassen. Sie lief voraus und ging Fischschwanz so schnell nach, dass Omakayas rennen musste, um mit ihr Schritt zu halten. Als Angeline ihn jedoch eingeholt hatte, ging sie wortlos neben ihm her. Wusste sie nicht, was sie sagen sollte? In Hörweite zockelte Omakayas hinterher.

»Was hast du dahinten gemacht?«, wagte Angeline schließlich zu fragen.

»Ich bin zur Priesterschule gegangen. Ich will lernen, die Spuren der Chimookomanug zu lesen. Dann können sie uns mit ihren Verträgen nicht mehr übers Ohr hauen.«

Omakayas und Angeline waren so überrascht und verdutzt, dass sie auf der Stelle stehen blieben und ihm nachsahen, wie er würdevoll und schnellen Schrittes nach Hause ging.

Nachdenklich wandten auch sie sich zum Gehen. Die Sonne war warm wie im Sommer, und der Schnee war inzwischen vollständig geschmolzen. Sie gingen denselben Weg zurück, den sie gekommen waren, und als sie fast bei der Hütte angelangt waren, spürte Omakayas plötzlich ein nasses Klatschen und einen heftigen, stechenden Schlag am Hinterkopf. Das war Grapsch! Voller Häme tanzte er von einem Fuß auf den anderen. Obwohl seine Schneebälle so wässrig waren, dass von dem Haufen um seinen Fuß fast nur noch die Kieselsteinchen übrig geblieben waren, bestand er doch auf seiner Rache.

»Ich hab doch gesagt, ich würde es euch heimzahlen, und das hab ich getan«, schrie er. »Ich, der tapfere Krieger Großer Grapsch!«

Nicht lange nach diesem ersten strahlenden Schnee fiel wieder Schnee, grauer und schwerer diesmal. Dann kam das Eis. Das Wasser bekam eine durchsichtige Haut, die auseinander brach, sich zusammenfügte und dann wieder fest wurde, bis sich eine harte graue Eisdecke gebildet hatte. Bestimmt saß Deydey jetzt nicht mehr in seinem Zelt und wartete darauf, dass das Eis fest wurde, damit er weiterziehen konnte. Eine lange Zeit, drei Tage, schneite es ununterbrochen. Während draußen der Schnee fiel, verzierte Angelines Freundin Zehn Schnee ein blaues Kleid, das sie und Angeline schneiderten, mit dem roten Stoff, den Deydey letzten Sommer mitgebracht hatte. Es war ein elegantes, mit Bändern besetztes Kleid. Mama hatte einen dazu passenden Schal mit Fingerhüten verziert, die, wenn Angeline ging, leise und verführerisch klingelten.

Hin und wieder durfte Angeline jetzt zu Tante Bisam gehen. Sie war die Einzige, die sie allein besuchen durfte, denn Tante Bisam hatte ein wachsames Auge auf sie. Alle jungen Männer, die vorbeikamen, mussten draußen stehen bleiben oder sich auf die Holzbank setzen, während Angeline in der Hütte blieb, von einem Fuß auf den anderen tänzelte und lachend den Hals zum Fenster hinausreckte.

In dieser Zeit, als der Schnee immer höher fiel, hatte Alter Talg großes Glück. Als es den letzten Tag schneite, schleppte sie vom entlegensten Ende der Insel zwei fette Biber an. Ihre dicken Pelze würden im Tauschgeschäft ordentlich etwas einbringen. Sie band die Biber auf einen kleinen Schlitten und knotete an dem Schlitten ein Seil fest, das sie sich um die Taille wickelte. Zufrieden brachte sie das Fleisch Mama und Großmutter zum Zubereiten. Sie blieb im Garten und rauchte ihr Pfeifchen, während die beiden draußen ein Feuer machten um das Fleisch über den Kohlen zu rösten.

Zwar war schon Schnee gefallen, doch für Omakayas fing der Winter erst richtig an, wenn Alter Talg ihren berühmten Mantel anzog. Jedes Jahr warteten die Kinder gespannt darauf, dass dieser Mantel auftauchte – riesig und zottelig und immer wieder anders, mit neuen Pelzstückchen, Kattunresten, sogar mit Samtflicken. Den Mantel trug Alter Talg bis zu den ersten Frühlingstagen. Aber jetzt hatte sie, obwohl die Kälte morgens schon schneidend war, nur ihr erdfarbenes Kleid mit dem ausgefransten Saum an. Als sie sich bückte und einen brennenden Stock

aus dem Feuer zog, um sich noch eine Pfeife anzuzünden, sah sie sogar aus, als sei ihr etwas zu warm.
Sie lehnte sich zurück, rückte ihren Hut zurecht und
blickte Omakayas lange an.

Omakayas schaute ins Feuer. Sie musste sich um die
Kohlen kümmern und sie so verteilen, dass sie ein
gleichmäßiges Bett ergaben, in dem sie das Fleisch
braten konnten, doch Alter Talgs Blick im Rücken
machte sie nervös. Immer wenn Alter Talg sie so an-
starrte, spürte sie ihren durchdringenden Blick auf
der Haut. Dieser Blick hatte etwas Merkwürdiges.
Keinen anderen Menschen sah sie so an. Trotzdem
lag etwas Vertrautes darin, und diesmal, als Omakayas ganz schnell zurückschaute und einen winzigen Funken dieses Blicks aus dem Augenwinkel er-
haschte, verstand sie es plötzlich.

Alter Talg sah sie genauso an wie ihre Hunde!

Das war gar nicht schlecht. Es hatte sogar etwas
Gutes, denn in diesem Blick von Alter Talg lag echte
Zuneigung, etwas, das sie für andere Menschen nicht
empfand. Das gab Omakayas ein befremdliches und
gleichzeitig sicheres Gefühl. Sie lächelte in sich hin-
ein und hatte plötzlich die seltsame Gewissheit, dass
Alter Talg sie, Omakayas, notfalls mit ihrem eigenen
Leben verteidigen würde.

Sie wusste nicht, woher sie diese Gewissheit nahm.

Sie war einfach da.

Bald darauf kam Nokomis heraus und löste Omakayas ab. Sie schob die Kohlen hierhin und dorthin, damit sie sich gleichmäßig verteilten.

Amik, Biber, war Deydeys Leibgericht. Er liebte den Geschmack von geschmortem Biberfett, und Mama bereitete das Fleisch auf besondere Weise zu. Sie ließ das Fleisch erst kurz brutzeln, dann säuberte sie die Biber, wusch sie mit Salzwasser und füllte sie mit Mais und Kartoffeln. Dann wurden sie zugenäht und in dem großen Eisentopf langsam gebraten. Sie schmorten in ihrem eigenen Fett und die Eicheln im Feuer wurden schwarz. Wenn die Biber zart und ganz durch waren, nahm sie den Topf herunter, löste das Fleisch von den Knochen, mischte die Füllung mit den gebratenen Eicheln und kochte alles zusammen noch einmal in einer Suppe.

Der Duft hatte Alter Talg hungrig gemacht und sie ging auf und ab. Sie sah so gierig aus wie ihre Hunde, und als Mama ihr die Schale mit Suppe füllte, beugte sie sich wild entschlossen darüber. Alter Talg schlang eine Schale nach der anderen in sich hinein, während Mama noch weiter auftischte. Es war aber nur gut, dass Alter Talg so schnell und so viel aß, denn gerade als Grapsch den Boden seiner Schale mit *Pikwayzhigun*, Brot, auswischte und um einen Nachschlag bitten wollte, waren draußen Getrampel und Schüsse zu hören. Die Hunde bellten, verstummten aber sofort, als eine bekannte Stimme rief: »*Gaygo! Gaygo!*« Es war Deydey, der nach Hause gekommen war.

Es war, als wäre er von seinem Leibgericht herbeigelockt und übers Eis geführt worden. Er kam gerade noch rechtzeitig und aß, bis er nicht mehr konnte. In dieser Nacht gingen die Kinder nach oben und schliefen auf dem Dachboden, und auch Nokomis schlief dort anstatt unten neben Mama. Nokomis machte sich ihr Bett am äußersten Ende des Dachbodens, wo es am kühlsten war. Sie breitete ihr altes Kaninchenfell auf dem Boden aus und legte sich darauf.

»Mir ist nachts immer heiß«, erklärte sie den Kindern.

Sie mochten es ihr nicht sagen, aber Nokomis war nachts auch immer laut. Sie schnarchte und redete im Schlaf; dann sprach sie zu Menschen aus längst vergangenen Zeiten.

In dieser Nacht wachte Omakayas im Dunkeln auf und lauschte auf den leisen, regelmäßigen Atem ihrer Großmutter und dann auf das halb verständliche Gemurmel, das manchmal zänkisch war und manchmal freundlich, während sie von alten Zeiten träumte und Orte besuchte, an die sich nur Nokomis erinnerte.

BIBOON

(WINTER)

NEUNTES KAPITEL

DER BLAUE FARN

Höher und höher fiel der Schnee, bedeckte die
Welt, verwandelte die Insel. Die Hütte war nach Art
des Chimookoman gebaut. Deydey war stolz auf ihre
sichere Bauweise mit den dicken Rundhölzern, die so
dicht wie möglich aufeinander lagen. Den schwer-
sten Schlamm, den er finden konnte, den klebrigsten
Ton hatte Deydey zwischen das Holz gestopft, um
die Ritzen zu versiegeln. Ganz oben hatte er Quer-
balken und gespaltene Baumstämme eingelegt und
so einen kleinen Dachboden gebaut. Dort konnten
Omakayas, Angeline und Grapsch auf ihren Schilfmatten schlafen, mit einem Polster aus Moos darunter.

Großmutter schlief noch immer am kältesten Ende des Dachbodens, jetzt allerdings in ihrem dicken Kaninchenfell. Die Kälte kroch über den Fußboden. Omakayas war nun froh darüber, dass sie einige langweilige Sommertage damit verbracht hatte, viele Hände voll klebrigem Matsch zu pressen, den sie vom Inneren der Insel geholt und mit dem sie die Hütte an den Stellen geflickt hatte, an denen der getrocknete Schlamm brüchig geworden war. Die wärmsten Ecken im Haus waren dort, wo sie es am gründlichsten ausgebessert hatte. Dort, wo sie Gras hatte benutzen müssen, weil ihr der Schlamm ausgegangen war, schlich sich kalte Luft herein. Manchmal pfiff der Wind durch die Ritzen. Dieses dünne Heulen jagte ihr einen Schauer über den Rücken.

Jetzt, wo Deydey zu Hause war, veränderte sich auch die Hütte. Sie war so voll von seinen Fallen und Fellen, seinem großen Männermantel und seinem Turban, seinen Elchlederhandschuhen und seinen Reisekochtöpfen, der Eishacke, der Axt, seinen schon wieder abgenutzten Mokassins, die in der Umarmung von Mamas lagen, und seinem neuen Gewehr über der Tür, dass die Hütte, so dachte Omakayas, kleiner, gemütlicher und irgendwie interessanter zu sein schien.

Und auch schwieriger.

Zu jeder Tageszeit, sogar mitten in der Nacht, kamen Leute vorbei, und um diese Besucher musste man sich ständig kümmern. Gelber Kessel und Großmutter waren bekannt für ihre gut gefüllte Vorratskammer und ihr warmes Feuer. Das Wasser für Tee jedoch schleppten Omakayas, Angeline und Grapsch herbei, und sie waren es auch, die im Wald Holz für das Feuer schlugen, das in dem stolzen kleinen Kamin brannte. Das Feuer musste man ununterbrochen im Auge behalten, und auch die Bedürfnisse der Familie wollten befriedigt werden. Deydeys Gewehr musste regelmäßig gewartet werden, und er hatte gern Tee neben sich stehen, während er die beweglichen Teile und den Lauf reinigte.

Omakayas kam es so vor, als ob die Erwachsenen über nichts anderes redeten als über Reiserouten gen Westen. Sie stritten darüber, ob sie zusammen mit den vielen Neuankömmlingen den Weg beschreiten müssten, den schon so viele vor ihnen beschritten hatten: den Weg ins Gebiet der Bwaanug, der Dakota. Ständig war jetzt von Vorhaben der Regierung die Rede, von Plänen, eine Versammlung einzuberufen, von Einladungen, die Pfeife zu rauchen. Zum Glück gab es auch weniger ernste Besucher wie Zwei Schläge, Wishkob und Tante Bisam oder Zwielicht und Kleine Biene. Angelines beste Freundin, die junge Zehn Schnee, kam fast jeden Tag vorbei. Albert LaPautre tauchte regelmäßig in der Frühe auf, um Deydey seine Träume zu erzählen, der sich bemühte sie ernst zu nehmen.

»Letzte Nacht hab ich geträumt, ich wär mit dem Kopf in einem Topf stecken geblieben«, vertraute LaPautre ihm mit leiser besorgter Stimme an.

»Das muss dann aber ein riesiger Topf gewesen sein«, sagte Deydey trocken, denn LaPautre hatte einen großen runden Kopf und ein Vollmondgesicht.

»*Geget*«, sagte LaPautre. Er merkte es nie, wenn man ihn auf den Arm nahm. »Und wie. Aber was hat das zu bedeuten?«

»Manche Träume sind so gewaltig, dass sie unser bescheidenes Vermögen, die Dinge zu verstehen, übersteigen«, sagte Deydey.

LaPautre lehnte sich zufrieden zurück. Nur Mama sah, dass Deydey zwinkerte.

Sogar Alter Talg kam vorbei um zu essen, was immer für sie abfiel. Dann stand sie oft draußen vor der Tür und schlang ihre Suppe hinunter, bevor sie sich schnell auf die Jagd machte.

Und ja, jetzt hatte sie ihren Mantel angezogen!

Alter Talgs Mantel war ein phantastisches Etwas, das aus mehreren Pelzen zusammengenäht war, darunter ein Luchspelz, ein Biberpelz, ein Hirschfell und zwei

Felle, die Alter Talgs geliebten Hunden gehört hatten. Sie hatte alte Decken zusammengesetzt, eine in verblichenem Rot, eine in Braun. Undefinierbare Stofffetzen waren Flicken an Flicken zusammengenäht, darunter schwarzer perlenbestickter Samt und leuchtende Kattunstoffe. Der Mantel umgab sie wie ein Hügel, der wogte, wenn sie sich bewegte. Sie konnte ihn gut tragen und sprang leichtfüßig darin herum wie ein riesiger zerlumpter Bär.

Keine noch so große Kälte schien Alter Talg etwas ausmachen zu können. Zehn Schnee und Angeline jedoch blieben, wenn es einmal zu eisig war um draußen herumzulaufen oder auf dem See zu schlittern, in der Hütte, wo sie auf zusammengerollten Betten und Fellbündeln in einer Ecke saßen. Dort machten die beiden jungen Frauen dann Handarbeiten und redeten, während durch die Fensterscheiben aus dickem geöltem Papier goldenes Licht auf ihre Gesichter fiel. Zehn Schnee hatte etwas Beeindruckendes gefertigt, etwas, das von den anderen Frauen sehr bewundert wurde, sogar von Großmutter, die es eines kalten Tages in die Hände nahm und lobte. Es war eine Tasche für Fischschwanz, eine Schultertasche, wie man sie jetzt trug. Statt der gefärbten Stachelschweinstacheln, die Großmutter so geschickt verarbeiten konnte, hatte Zehn Schnee

Handelsfäden benutzt, von denen sie mehrere kostbare Päckchen im Laden der Handelsgesellschaft gekauft hatte. Die Tasche war mit weißen Perlen im Wert von vier Biberhäuten bedeckt – so teuer waren sie! Die viereckige Tasche war über und über mit geschwungenen Reben und Blättern aus Perlen bedeckt, und purpurrote Blumen hoben sich leuchtend vom weißen Hintergrund ab. Auch der Schultergürtel war vollkommen mit Perlen bedeckt. Das Muster des Gürtels war außergewöhnlich einfach und bestand aus blauen Schnörkeln. Verlegen erklärte Zehn Schnee, das seien junge Spitzen von Frühlingsfarn, die ihr Mann so gern esse. Omakayas musste blinzeln, als sie das Muster betrachtete, denn die Perlen waren so perfekt und wirkungsvoll angeordnet, dass die Farnspitzen wie kleine Wellen zu tanzen schienen.

»Bringst du mir bei, wie man so ein Muster stickt?«, fragte Angeline ihre Freundin.

»*Ayah!*« Zehn Schnee nahm eine Nadel aus ihrem kleinen Nähetui und Angeline holte ihre eigenen Sachen hervor, ihre eigenen Perlen, die sie mit Trockenfisch bezahlt hatte. Dann fingen sie an.

»*Gaygay neen*«, sagte Omakayas, »ich auch!« Zehn Schnee lächelte sanft, und Angeline sah ihre kleine Schwester überrascht an.

»Du?« Sie grinste. »Kleiner Frosch, du kleiner Hüpfer, kannst du denn so lange still sitzen?«

Vom belustigten Ton ihrer Schwester getroffen, ließ Omakayas den Kopf hängen und kniff die Augen zusammen. Ein großes Loch riss in ihrem Kopf auf, schwarz und rauschend wie ein eiskalter Winterfluss. Sie war doch groß genug, um stinkende Häute zu gerben, oder? Diese Arbeit machte sie doch gut, oder? Weshalb traute man ihr dann nicht zu, die wertvollen Perlen zu sticken? Sie war jetzt schon acht Winter alt! So klein war sie nicht mehr! Sie konnte Holz hacken und Wasser aus dem Loch ziehen, das Nokomis mit einer Axt und einem langen spitzen Stab ins Wasser geschlagen hatte. Wieso sollte sie keine Perlen sticken können wie die Frauen? Angeline fing laut an zu lachen. Omakayas wandte sich ab. Ihr Herz schrumpfte in ihrer Brust zu einem kalten Klumpen, der winzig und doch so schwer war wie ein Stein. Die Worte ihrer Schwester konnten manchmal wie kleine Dolche sein. Doch als hätte Zehn Schnee Angelines Bemerkung überhaupt nicht gehört, streichelte sie Omakayas jetzt über den Arm und sagte:

»Schschsch, kleine Schwester, ich hab etwas für dich gemacht.«

Und dann legte sie Omakayas ein kleines Lederetui

in die Hand. Unsicher sah Omakayas zu Zehn Schnee auf.

»Ja, für dich!« Auf ein Zeichen von Zehn Schnee öffnete Omakayas es langsam und mit ungläubiger Freude. Das Lederetui war mit feinem Wollstoff gefüttert, und in dem Stoff steckten zwei Nadeln. Zwei! Um einen geschälten Zweig hatte Zehn Schnee ein langes Stück des feinsten Sehnenfadens gewunden, den man zum Perlensticken benutzen konnte. Am Rand des Stoffs war ein kleines Täschchen mit einem duftenden Klumpen sommerlich gelben Bienenwachses, mit dem man den Faden stärken konnte. Und als Zehn Schnee den dunkelblauen Stoffstreifen hochhob, sah sie das Beste von allem: ein Säckchen mit Perlen in allen Farben, Samenperlen, die kleinen Erwachsenenperlen, die auf dem Stoff glänzten und glitzerten.

Manidominenz hießen sie. Kleine Samen der Geister.

»*Megwetch*, *megwetch*, *megwetch*!« Immer wieder dankte Omakayas Zehn Schnee, bis das ältere Mädchen lächeln musste. Als Jüngste in ihrer Familie hatte Zehn Schnee keine kleine Schwester, und Kinder hatte sie bis jetzt auch noch nicht. Deshalb behandelte sie Omakayas besonders liebevoll. Während die älteren Mädchen ihre Arbeit und ihre Unterhaltung wieder aufnahmen, ließ sich Omakayas am

Feuer nieder um ihre Perlen zu betrachten und zu überlegen, was sie damit machen könnte. Zuerst dachte sie daran, winzige Mokassins für ihre Puppen zu nähen. Dann dachte sie, dass Angeline sich darüber lustig machen könnte. Mama, wie wäre es mit etwas für Mama? Aber die hatte so viele mit Stachelschweinstacheln verzierte Sachen, und die fand sie auch am schönsten. Außerdem machte Großmutter ihr immer Kästchen und Ornamente. Wie wäre es dann, wenn sie etwas für Großmutter nähte oder für Deydey oder Angeline? Ganz bestimmt nicht für Grapsch, denn der machte alles kaputt, was er in die Hände bekam. Oder Neewo, der könnte die Perlen abknabbern.

Neewo. Plötzlich wusste sie, als hätten die Perlen es ihr selbst erzählt, dass sie für ihren kleinen Bruder bestimmt waren. Omakayas würde etwas ganz Besonderes für ihn machen – jetzt nahm es langsam Gestalt an. Mokassins! Warme Mokassins, die sie mit Kaninchenfell füttern würde. In Gedanken malte sie sich die Mokassins schon aus. Sie würde sie aus Elchhautresten nähen, die noch vom Sommer übrig geblieben waren. An den Knöcheln sollten sie weiße Blumen aus Perlen haben und die Stulpen würde sie mit Wollbommeln verzieren. Omakayas war so stolz auf ihre eigene Idee, dass sie das lederne Nähetui und den Perlenbeutel wieder und wieder in den Händen drehte.

Mama und Großmutter breiteten ihre Arbeit auf Decken vor ihnen aus. Großmutter machte die Kanten einer großen Kiste aus Birkenrinde fertig, in der sie ihren Hartriegel-*Kinnikinnick* aufbewahren würde. Sie band die Kanten mit Sehnen und Lindenrindenstreifen zusammen. Für die Seiten der Kiste hatte sie hübsche Sterne ausgeschnitten. Mama hatte Deydeys eleganten Mantel aus Elchhaut erst einmal beiseite gelegt, um Angelines feine Kleider fertig zu machen. Die waren für das Tanzfest bestimmt, das es geben würde, sobald ein paar weitere Familien ihre Winterhütten bezogen hätten.

Großmutter hatte in der Zwischenzeit aus einem Rebhuhnschwanz einen wunderschönen Tanzfächer gebastelt. Er hatte einen Griff aus fest zusammengebundener Birkenrinde und war mit Blümchen aus Stachelschweinstacheln bestickt.

Die glänzenden Fingerhüte, die Mama an Angelines Schal nähte, fingen orangene Feuerfunken auf, als Mama sie einen nach dem anderen an das breite Tuch nähte. Zuerst stach sie mit ihrer Ahle ein kleines Loch in die Spitze jedes Fingerhuts, dann zog sie ein Stück roten Faden hindurch, verknotete ihn fest von innen und nähte das Ende des Fadens unsichtbar unter dem Tuch fest. Als sie den letzten Stich gemacht hatte, klatschte Angeline in die Hände.

»Ich will ihn anprobieren!«, rief Angeline ungeduldig. Lachend überreichte Mama ihn ihr, und die schöne Angeline hüllte sich in den fein schwingenden Stoff. Großmutter reichte ihr den Tanzfächer. Alle bewunderten sie.

»Mama«, sagte Omakayas, »hilfst du mir jetzt?«

»*Ayah, geget*«, sagte Mama.

Sie wandten die Blicke von Angeline und machten sich daran, Neewos Mokassins zu nähen. Aus der Elchhaut, die von Deydeys Mokassins übrig geblieben war, schnitt Omakayas mit Mamas Hilfe ein Paar Mokassins für Neewo aus, Wintermokassins mit warmen Stulpen, die ein gutes Stück das Bein hinaufreichten. Omakayas entwarf eine Blume und begann sofort damit, die Perlen in das vorgezeichnete Muster zu sticken. Sie machte es so, wie sie es sich bei Mama abgeguckt hatte, doch die Arbeit verlangte mehr Geschick und Genauigkeit, als sie gedacht hatte. Die Sehne verhedderte und verknotete sich. Perlen hüpften ihr von der Nadelspitze. Selbst wenn sie die Perlen festgenäht hatte, sahen sie manchmal krumm und schief aus, und dann musste sie sie wieder abtrennen. Sie legte die Nadel hin. Tränen der Enttäuschung brannten ihr in den Augen.

»Gib nicht auf.« Das war Angeline, die mit sanfter, liebevoller Stimme sprach. »Du machst das sehr gut, *Neshemay*, kleine Schwester.«

Omakayas sah ihre Schwester erst überrascht, dann dankbar an. Nichts tat jetzt so gut wie diese unerwartete Freundlichkeit von Angeline. Sie wischte die Tränen weg und nahm die Perlenarbeit wieder auf.

Neewo schlummerte direkt über ihnen in seiner kleinen Hängematte. An Löchern in den Holzbalken hatte Deydey zwei Seile verknotet, und auf den beiden Seilen hatte er eine warme Decke befestigt. Mama konnte Neewo mit ihrem Fuß schaukeln, um den sie ein Seil gebunden hatte, oder Omakayas konnte ihn schaukeln, indem sie das andere Ende des Seils bewegte.

Der Himmel verdüsterte sich. Grapsch wurde zum Holzholen losgeschickt. Er schnitt Omakayas eine Grimasse, denn mit ihrer Perlenarbeit gehörte sie jetzt zur Gruppe der anderen Frauen, während Grapsch das Holz ganz allein holen musste. Deydey und Fischschwanz saßen in einer Ecke und unterhielten sich leise und nachdenklich, während sie Großmutters Tee tranken. Bald standen sie auf und gingen, denn sie hatten beschlossen mit den Fischnetzen ihr Glück zu versuchen, die durch große, ins Eis geschlagene Löcher ins Wasser gelassen worden waren. Sobald sie zur Tür hinaus waren, begannen sie lauter zu sprechen. Um die Gruppe der Frauen herum lag nun ein kleiner Raum aus Stille. Es schien genau der richtige Augenblick, um Nokomis zu bitten, eine Geschichte zu erzählen.

»*Weendamawashin, daga*, Nokomis«. bat Omakayas. »Erzähl mir eine Geschichte.«

»Welche Geschichte wollt ihr hören?«

»Windigo!«, sagte Grapsch, die Arme mit Holz beladen.

»Bist du dir sicher, dass du die hören willst?«, brummte Nokomis tief in der Brust und zeigte ihre spitzen Zähne.

»*Owah!*« Grapsch machte runde Augen und grinste, doch es war ein nervöses Grinsen. Er rutschte näher an Nokomis heran und versuchte Neewo zu beruhigen, der aufgewacht war. Neewo konnte sich jetzt endlich aus seiner Kindertrage winden und lernte schon laufen: Er zog sich vorwärts, indem er sich an Schultern, Kleidern oder Haaren festkrallte, an allem, was einen Halt bot. Wenn er schließlich hinplumpste, versuchte er vor Vergnügen seine Holzpuppe am Kamin in Stücke zu schlagen.

»*Gaygo*«, sagte Omakayas, doch ihre Stimme war sanft, als sie Neewo zeigte, wie er die Puppe tanzen lassen konnte, anstatt sie kaputtzumachen.

»Grapsch!«

Die Männer riefen ihn von draußen. Die großen Männer! Er ließ das Holz zu Boden poltern, sprang auf und rannte zur Tür hinaus. Von den Männern gerufen zu werden war auf jeden Fall besser, als eine Geschichte zu hören, selbst wenn es eine Windigo-Geschichte war.

Wieder waren die Frauen mit Neewo allein.

»Jetzt«, sagte Nokomis, »kann ich euch eine alte Geschichte über meine Großmutter erzählen.« Sie sah Mama vielsagend an. »Du weißt schon, welche.«

»*Geget?*«, sagte Mama nur halb im Spaß. »Meinst du, dafür sind sie schon groß genug?«

»Ich war acht Winter alt, als es passiert ist«, sagte Großmutter. »Genau wie Omakayas jetzt.«

»Dann erzähl sie«, bettelte Omakayas.

»Ja, erzähl sie«, sagte Angeline.

Und auch Zehn Schnee legte ihre Arbeit für einen Moment nieder um lachend in das Gebettel der anderen einzustimmen.

GROSSMUTTERS GESCHICHTE: FISCHEN AUF DER DUNKLEN SEITE DES SEES

Als ich noch ein kleines Mädchen war, sagte Nokomis mit einer Stimme, die melodisch und hoch und dann ganz tief wurde, mit einer Stimme, die weit weg war, *sagte mir mein Großvater, bei dem ich lebte und aufwuchs, ich solle nie auf der dunklen Seite des Sees fischen.*

Warum?, werdet ihr euch jetzt fragen. Ich wusste es auch nicht. Und ich bekam es nicht heraus, bis ich, natürlich, denn ich war ein junges Mädchen und sehr neugierig, eines Nachts das Kanu meines Großvaters nahm, während er schlief. Ich packte meinen Fischspeer und die Netze ins Kanu. Ich wollte dort fischen, wo das Wasser am tiefsten, am seltsamsten, an klaren Tagen am blausten und an bedeckten Tagen am schwärzesten war. Dort paddelte ich hin. Ich hatte einen Stock und eine Angelschnur. Die ließ ich mit einem Köder hinab und wartete ab, was für Fische anbeißen würden.

Es war ein langes Warten, meine Enkelkinder, und während ich dort fischte, wurde mir unbehaglich zumute. Die Warnungen meines Großvaters fielen mir ein, wie eindringlich er mich ermahnt hatte, mich diesem tiefen Wasser niemals zu nähern. Ich hatte gesehen, wie er zuweilen bei Sonnenuntergang mit traurigem, klarem Blick dorthin gestarrt hatte. Manchmal sprach er von meiner Großmutter. Sie war jung von ihm gegangen, das wusste ich. Viel mehr nicht. Ihr Lieblingsessen, sagte er, waren frische Pflaumen gewesen. Sie konnte den ganzen Tag unter einem Pflaumenbaum stehen und Pflaumen essen, sagte er. Wenn er das erzählte, lächelte er.

Frische wilde Pflaumen. Ich hatte dunkelrote Pflaumen mitgenommen. Während ich im Boot saß und darauf wartete, dass die Fische anbissen, steckte ich sie mir langsam, eine nach der anderen, in den Mund. Was stimmte nicht mit dieser Seite des Sees? Das fragte ich mich natürlich. Außer dass es hier tiefer und dunkler war, war es nicht viel anders. Ich beschloss herauszufinden, was anders war. Ich ließ meine Angelschnur im Wasser.

Aber irgendetwas kann mit meinem Köder

nicht gestimmt haben. Es muss ein schlechter Köder gewesen sein. Kein einziger Fisch biss an oder knabberte auch nur daran. Vielleicht, dachte ich, hat Großvater mir gesagt, ich soll nicht auf dieser Seite des Sees fischen, weil es hier keine Fische gibt! Dann hätte er mich ja ganz schön zum Narren gehalten. In diesem Moment schaute ich über den Bootsrand und kippte meine restlichen Pflaumen alle ins Wasser. Igitt! Ich konnte keine Pflaumen mehr sehen. Sie gingen unter und sanken auf den Grund. Aber kaum dass sie verschwunden waren, ruckte etwas an meiner Schnur. Und dann war es mehr als ein Rucken, es zog ganz gewaltig. Und schon bald musste ich kämpfen um nicht über Bord gezogen zu werden. Ich hatte etwas gefangen. Etwas Riesiges!

Eine Hand reckte sich aus dem Wasser! Zog sich an meiner Angelschnur hoch, ein Finger über den anderen, eine Faust über die andere, bis plötzlich das schöne Gesicht einer Frau auftauchte. Sie schaute zu mir auf und kletterte weiter.

»Hast du noch mehr Pflaumen?«, fragte sie.
Ich verneinte, half ihr jedoch ins Boot. Sie

hatte schwarzes, endlos langes Haar, das sie ganz bedeckte und unter dem sie nackt war. Sie lächelte sanft. Ihre Haut war von einem kalten Grauviolett, der Farbe der Pflaumen. Sie hatte etwas Vertrautes, etwas Schreckliches und doch Vertrautes. Ich hatte große Angst und begann schnell zurück zum Ufer zu paddeln.

Aber ein neugieriges Kind war ich doch.

»Wer bist du?«, fragte ich, während ich paddelte.

»Ich bin deine Großmutter«, sagte sie, »und ich will dir erzählen, was passiert ist. Vor langer Zeit habe ich deinen Großvater geheiratet. Wir waren unzertrennlich. Wir waren wie eine Person, er und ich. Er wollte mich ganz für sich haben. Nachdem ich unser erstes Kind geboren hatte und ihm das Mädchen in die Arme legte und als sie dann ein Jahr alt war, fand ich zu meiner alten Kühnheit zurück. Ich wurde wieder zu dem unbändigen Mädchen, in das er sich damals verliebt hatte. Eines Nachts überredete ich ihn, mit mir im See zu schwimmen. Mit unserem Kanu fuhren wir zur tiefsten Stelle des Sees, zur dunkelsten und kältesten Seite, wo du

mich gefunden hast. Wir warfen unsere Klei-
der ab. Ich tauchte, so tief ich konnte, unter
Wasser, ließ mich immer weiter sinken, bis ich
den Grund erreicht hatte.

Meine liebe Enkelin, in diesem Moment ver-
lor ich die Orientierung. Dort unten auf dem
Grund war es so dunkel, dass ich nicht mehr
wusste, wo oben und unten war. Ich konnte
den Weg zurück nicht mehr finden und des-
halb rollte ich mich, als ich müde war, in den
kalten Gräsern zusammen und legte mich
schlafen. Und das habe ich bis jetzt ge-
tan.«

Meine Großmutter schaute zum Ufer. Ihr
Gesicht leuchtete im Zwielicht. Als wir näher
kamen, sah ich, dass sie meinen Großvater
anschaute, der den Weg vom Lager zum See-
ufer herunterkam. Er kam näher und näher.
Da geschah etwas Seltsames. Ich rieb mir die
Augen. Ich hielt mir die Hand vors Gesicht.
Ich traute meinen Augen nicht.

Während er näher kam, schien mein
Großvater mit jedem Schritt Leben aufzu-
nehmen. Sein Haar wurde immer dunkler,
bis es wieder pechschwarz war wie in seiner
Jugend. Die Falten verschwanden aus seinem

Gesicht. Sein gebeugter Rücken richtete sich auf. In dem Moment, als unser Kanu das Ufer berührte, lächelte er. Und, oh, meine Enkelkinder, plötzlich hatte er wieder alle Zähne!

Ich stieg aus dem Kanu. Er schaute mich freundlich an, verabschiedete sich von mir, und dann nahm er meinen Platz im Kanu bei seiner jungen Frau ein. Voller Glück schauten die beiden einander an. Ich sah ihnen nach, wie sie zusammen davonpaddelten, in die Dunkelheit, in die Nacht. Zwei Sternschnuppen zogen über den Himmel. Der See war still. Meinen Großvater sah ich nie wieder, doch schließlich wurden seine Kleider am Ufer gefunden. Sie waren auf der dunklen Seite des Sees an Land gespült worden.

Als Nokomis geendet hatte, sagte niemand ein Wort. Omakayas konnte nicht sprechen, weil steil aufgerichtete Härchen in ihrem Nacken prickelten. Die Vorstellung von dieser Hand, die aus dem Wasser ragte, ließ sich einfach nicht verscheuchen! Zehn Schnee und Angeline wischten sich Tränen aus den Augen. Mama seufzte und nahm langsam und vorsichtig die Arbeit an Angelines Schal wieder auf.

Vielleicht dachte sie an das große Fest, auf dem Angeline jemanden kennen lernen könnte. Dann würde sie vielleicht mit ihm irgendwohin gehen, wo der Blick ihrer Mutter sie nicht mehr erreichen könnte. Obwohl Gelber Kessel nicht wollte, dass das geschah, war es doch unvermeidlich, und ihr zärtlicher Blick verriet alles, was sie fühlte. Wie sehr sie ihre Kinder liebte. Wie teuer sie ihr waren, der Mittelpunkt ihres Lebens. Doch da sie von Natur aus fröhlich und tapfer war, lächelte und scherzte sie schon bald wieder. Gelber Kessel konnte es nicht lassen, die anderen mit ihrer Stimmung anzustecken, und bald lachten alle über Neewo, der immer wieder hinfiel, und über Andegs verspieltes Krächzen, wenn Neewo ihm nachlief und ihn zu packen versuchte. Andeg wusste schon, wie er sich vor diesen dicken, neugierigen Fingern retten konnte!

ZEHNTES KAPITEL

DER BESUCHER

In der Mitte der Tanzhütte war ein Feuer angezündet worden, und der duftende Rauch entwich durch die Öffnung im Dach. Wegen der Kälte war das Feuer eigentlich kaum nötig, denn die vielen Tanzenden, die Trommler, die Kinder, die Männer, die in der hintersten Ecke auf weichen Fellen saßen und spielten, die alten Damen bei Spiel und Tratsch, die jungen Frauen in der Mitte und die jungen Männer um sie herum, die redenden, lachenden und tanzenden Leute, sie alle erwärmten die Hütte.

Omakayas liebte das Trommeln. Der Rhythmus pulsierte in ihrem Körper und weckte ihre Lebensgeister. Es kribbelte ihr in den Fußsohlen. Ihre Hände bewegten sich im Takt der Musik. Angeline tanzte, sie trug ihren neuen Schal und hatte Großmutters Rebhuhnfächer in der Hand. Mit Zehn Schnee war sie mitten auf der Tanzfläche und bewegte sich anmutig zum Trommelschlag. Ihr Körper hüpfte genau im Takt der Musik, und die Fingerhüte klimperten.

Als Mama noch für alle das flinke Mädchen Gelber Kessel war und noch keine Kinder hatte, war sie eine leidenschaftliche Tänzerin gewesen. Zusammen mit Neewo stand sie jetzt in der Ecke und wippte auf und ab, zufrieden und stolz auf ihre Töchter. Selbst Nokomis konnte es nicht lassen zu tanzen. Omakayas hielt inne, um ihre Großmutter zu beobachten, deren Schritte so wohlgemessen und würdevoll waren, als überquerte sie über Steine im Wasser einen reißenden Fluss. Ihre Schritte waren klein und leichtfüßig wie die eines Rehs, dachte Omakayas, während sie ihr voller Stolz zusah.

Vom Feuer stieg Wärme auf und die Gesichter der Mädchen und jungen Frauen wurden rosarot und erhitzt. Silberne Schmuckstücke, Halsketten, Armbänder und Kreuze blitzten auf, Schals wirbelten herum, als die Leute fröhlich und begeistert tanzten und mit lautem Geschrei ein neues Lied forderten, sobald eins zu Ende war. Immer eindringlicher wurde der

Trommelschlag, immer ausgelassener das Gelächter. Die alten Männer gewannen und verloren in ihrem Mokassin-Spiel, die Kinder schlängelten sich ins Getümmel und wieder heraus, trotteten an der Seite ihrer Eltern mit, ärgerten sich gegenseitig und tanzten manchmal mit. Um Mitternacht herum hörten alle auf zu tanzen, denn da gab es das Festessen – ein großer Topf Rehsuppe mit Mais wurde zum Feuer geschleppt und die Kinder wurden zu ihren Häusern und Wigwams geschickt, um Blechschalen und *Makuks* aus Birkenrinde zu holen.

Während alle aßen, scherzten und die Suppe lobten, die mit Wacholderbeeren und getrocknetem scharfem Sommermais gewürzt war, geschah etwas, das alle verstörte und dem Winter eine neue Wendung geben sollte. Das, was geschah, gab sogar dem Leben, das Omakayas und ihre Familie bis dahin geführt hatten, eine neue Wendung. Ein Besucher trat ein. Er gehörte zu einer Gruppe von Voyageuren, die gerade ihre mit Fellen beladenen Schlitten vom Festland herübergezogen hatten und über Nacht blieben. Wenn Omakayas später an diesen Abend zurückdachte, konnte sie sich sogar an den Mann erinnern. Er saß so nah am Feuer, wie es nur möglich war, ohne sich zu verbrennen. Müde sah er aus, schwach, er hatte dünne, zottelige Zöpfe und hustete ständig. Er machte einen etwas verwirrten Eindruck. Sein Gesicht war fiebrig erhitzt. Woran sie sich immer erinnern würde, war der wispernde Ton, in dem sie am nächsten Tag von seinem Tod erfuhr. An diesen Bericht. Denn die Schreckensnachricht schwappte rasend schnell von Haus zu Haus, von Wigwam zu Wigwam.

Er war an Pocken gestorben.

Obwohl der Leichnam des Besuchers zum äußersten Ende der Insel getragen wurde, obwohl man alles verbrannte, was er berührt hatte, selbst die Hütte, in der er gewesen war, und die Decken, in denen er geschlafen hatte, obwohl die gastfreundliche Familie, die ihn beherbergt hatte, sich in der Schwitzhütte reinigte und all ihr Hab und Gut verbrannte, hielt sich die Angst in der Siedlung. Hatte der Besucher einen anderen, schrecklicheren Besucher dagelassen? Krankheit? Tod?

Angelines Gesicht war angespannt vor Sorge. Sie wusste, dass ihre liebe Freundin Zehn Schnee dem Fremden, als sie bemerkt hatte, wie schlecht es ihm ging, ihre Schale mit Suppe gereicht hatte. Dann hatte sie die *Onagun*, die Schale aus Birkenrinde, wieder in den Wigwam gebracht, in dem sie mit Fischschwanz wohnte, und obwohl die Schale weit weggeworfen worden und jetzt schon unter Schnee begraben war, konnte man nicht wissen, ob sie die Krankheit und ihre schlimmen Folgen nicht doch übertragen würde.

In den nächsten Tagen lauerten alle auf Zeichen der Krankheit. Und die Zeichen kamen schon bald. Zehn Schnee war die Erste, die das Fieber bekam, dann erkrankte die Familie, in deren Hütte der Fremde übernachtet hatte, einer nach dem anderen. Alle vom ältesten Großvater bis zum kleinsten Baby litten unter den hilflosen Händen der Missionare, die den Schulbetrieb schlossen und ihnen auf dem Fußboden des Gebäudes zu essen gaben und sie warm hielten – unter der Tafel, mit der Fischschwanz schließlich gelernt hatte, seinen Chimookoman-Namen zu schreiben.

Sechs Tage darauf, als Mama und Nokomis gerade Hoffnung schöpften, dass die Kratzkrankheit sie ausgelassen hätte, stand Angeline nicht aus dem Bett auf. Über Nacht war sie vom Fieber erfasst worden, und als Mama hochkam, um nach ihr zu sehen, lag sie erhitzt und um Atem ringend, mit rotem Gesicht und angsterfülltem Blick da. Omakayas ging Mama nach, doch Mama schickte sie die Leiter wieder hinunter.

»Kümmer du dich um Grapsch und Neewo. Pass auf, dass sie unten bleiben«, befahl sie. Als Mama über den Rand des Dachbodens heruntersah und Deydey rief, war ihre Stimme tonlos vor Verzweiflung.

»Bau draußen einen Wigwam aus Birkenrinde«, ordnete sie an. »Er muss warm und sicher sein. Dort wird Nokomis sich um die Kinder kümmern. Und du gehst auch in den Wigwam.«

So war die kleine Familie am Ende des Tages zweigeteilt. Im Haus, das mit Feuerholz und Wasser versorgt war, kämpften Mama und Angeline gegen den unsichtbaren Feind. Draußen in dem Wigwam aus Rindenschalen, die im Schuppen gelagert hatten, schliefen die anderen einen schweren Schlaf. Neewo lag an Omakayas gekuschelt am kleinen Feuer. Grapsch hatte sich an Nokomis gekauert. Deydey schlief allein.

Am dritten Tag, dem schlimmen Tag, erschien Mama nicht an der Tür um das Wasser hereinzuholen, das Deydey aus dem See schöpfte. Nokomis ging ins Haus und kam lange Zeit nicht wieder heraus. Als sie sich schließlich zeigte, rief sie Deydey vom Eingang aus zu:

»Meine Tochter und Angeline haben jetzt beide die Krankheit. Halte die Kinder warm. Gib ihnen gut zu essen.«

Dann verschwand sie in der Hütte, und Deydey hackte den ganzen Tag Holz, holte Wasser, jagte und sprach mit Alter Talg, die in grimmiger Sorge gekommen war. Eine ganze Weile saßen die beiden übers Feuer gebeugt da und tranken starken Labradortee. Schließlich nahm Alter Talg ihr Gewehr, schlang sich ihre Kaninchenfallen um die Handgelenke und machte sich, jetzt mit größerer Eile denn je, auf die Jagd. Am achten Tag erkrankte Grapsch und wurde in die Hütte verlegt, wo Nokomis sie alle pflegte. Draußen arbeitete Deydey unaufhörlich, leerte Töpfe aus dem Haus aus, schlug Löcher ins Eis, fischte, damit sie etwas zur Stärkung bekamen, und sorgte dafür, dass das Wasser in ihrem Kessel immer frisch und sauber war, das Holz immer hoch gestapelt. Höher. Noch höher.

»Wieso stapelst du immer mehr Holz?«, fragte Omakayas beunruhigt, als sie sah, wie er schwitzte, während er das Holz aufschichtete. »Mach eine Pause, Deydey«, bat sie, denn seine unbewegte Miene und seine tief liegenden Augen machten ihr Angst. Er sah sie verärgert an, mit einem Blick, der von weit her zu kommen schien. Als er jedoch sah, dass sie ihm eine Tasse Kaninchensuppe hinhielt, als er ihr vor Schreck erstarrtes Gesicht sah, entspannte er sich.

»*Gaween*, mein kleiner Frosch«, sagte er mit ungewohnt sanfter Stimme und hielt kurz inne. »Ich kann nicht aufhören. Ich will ganz viel Holz im Voraus schlagen, damit ich später eine kleine Pause machen kann, verstehst du?«

Er lächelte sie an, doch es war ein müdes Lächeln. Die sanfte Erschöpfung in seiner Stimme erschreckte sie mehr als alles, was bis dahin passiert war. In dieser Nacht konnte sie nicht einschlafen; sie starrte auf das Flackern der Flammen an der Decke, fragte sich, was im Haus vor sich ging, horchte auf den gleichmäßigen Atem ihres Vaters und auf Neewos feines, knurrendes Schnarchen. Es war, als zöge die Krankheit erst einen, dann den nächsten, dann wieder den nächsten ins Haus – wo sie dann verschwanden, um nicht wieder aufzutauchen. Wie sollte Nokomis sie alle pflegen? Was, wenn Deydey auch krank würde? Irgendwie kam es ihr nie in den Sinn, dass sie oder Neewo krank werden könnten. Deydey war derjenige, den sie im Auge behielt. Nicht Neewo. Es war, als wäre ihr kleiner Bruder ein Teil von ihr, so nah hatte sie ihn bei sich. Als Neewo krank wurde, konnte sie es überhaupt nicht begreifen.

Oder vielleicht konnte sie die Tatsache nicht in ihr Bewusstsein dringen lassen, weil sie ihren kleinen Bruder einfach so sehr liebte. Vielleicht war es das.

Es geschah in der Nacht, als sie ihn fest in den Armen hielt. Omakayas fühlte, wie sein kleiner Körper von dem rasenden Fieber heiß und schmelzend wurde, weich und glühend. Als Deydey erwachte, lag Neewo rot, still und schlaff in ihren Armen. Omakayas hielt ihn an sich geschmiegt, wusch ihm sanft das Gesicht mit etwas Schnee und hoffte, dass er sie anlächeln würde, dass er wieder gesund und fröhlich würde. Sie wollte nicht, dass das Haus, die Krankheit, ihn auch hineinzogen. Das durfte nicht passieren! Sie würde es nicht zulassen! Doch sobald sie eingedöst war, nahm Deydey ihr Neewo aus den Armen und trug ihn davon. Sie wachte sofort auf, kroch zur Tür des Wigwams und da, als Deydey zu dem stillen Haus ging, aus dessen Schornstein ein dünnes Rauchfähnchen aufstieg, sah sie ihn straucheln. Er fiel nicht hin, doch an diesem einen Fehltritt erkannte sie, dass auch Deydey krank war, dass er seine Krankheit vor ihnen verborgen gehalten hatte und dass er mit Neewo ins Haus gehen würde, um nicht zurückzukehren.

Omakayas handelte, ohne zu zögern. Sie löschte das kleine Feuer in dem Wigwam aus Birkenrinde.

Wenn sie alle zusammen sterben müssten, dann sollte es eben so sein. Sie würde nicht allein draußen bleiben, fern von denen, die sie liebte, selbst wenn es sie das Leben kosten sollte. Sie folgte Neewo ins Haus.

Im Haus stand der Gestank der Krankheit, doch am Kamin war es warm. Nokomis hatte die Kranken auf saubere Matten um das Feuer herum gebettet und ihnen die Decken bis ans Kinn gezogen. Nokomis saß teilnahmslos vor Erschöpfung neben Mama und sagte zuerst nichts zu Omakayas. Dann nickte sie aufmunternd in Richtung Angeline, die jetzt ruhig schlief, die Hände matt auf der Decke. Das Fieber war gebrochen. Omakayas kauerte sich neben sie. In diesem Moment sah sie, dass das schöne Gesicht ihrer Schwester mit hässlichen Wunden und eitrigen Geschwüren bedeckt war. Wenn sie den Mund zum Atmen öffnete, konnte man sehen, dass ihr Zahnfleisch schmerzhaft blutete; rote Flecken waren auf ihren Zähnen. Ihr Haar war zu einer dicken Matte verfilzt, doch sie lebte. Sie atmete regelmäßig ein und aus.

Auch Mama war mit Wunden bedeckt. Sie lag in bewusstlosem Schlaf und schwebte noch in Gefahr. Grapsch warf immer wieder seine Decken ab oder er zog an Mamas Decken. Mit einer müden, aber liebevollen Geste, der man ansah, dass sie schon tausendmal gemacht worden war, legte Nokomis die Decken wieder zurecht. Hielt Grapsch eine Tasse Wasser an die Lippen. Träufelte erst Mama, dann Angeline ein wenig Wasser zwischen die Lippen. Deydey, der vor dem Feuer zusammengebrochen war, legte sie auf den Boden und ließ ihn ansonsten in Ruhe. Sie gab

Omakayas ein Zeichen und wies auf Neewo, der jetzt zitterte und krampfhaft mit Armen und Beinen strampelte, während sein Körper heißer und heißer wurde, bis er nicht einmal mehr die Kraft hatte zu weinen.

»Halt ihn«, sagte Nokomis sanft, legte Neewo Omakayas in die Arme und gab ihr einen Platz am Feuer. Sie legte Omakayas ihre trockene, kühle, alte Hand auf den Hinterkopf. »Halt ihn einfach«, wiederholte sie.

Und das tat Omakayas. Die ganze Nacht hindurch hielt sie Neewo, döste mit ihm ein, erwachte, wenn er um sich schlug, machte ihn sauber, badete seine Stirn und seine zarte, angestrengte, knochige Brust mit kühlem Wasser. Die geballten Fäuste und die schönen Füße. Sie hielt ihn, als er in einen unruhigen Schlaf glitt. Als sein Atem rasselte. Als sein Husten heftiger wurde. Als er weinte und weinte, bis er keine Stimme mehr hatte. Sie hielt ihn, als er ruhig und still wurde, zu still. Als sein Fieber wiederkam.

So ging es einen Tag, noch einen verschwommenen Tag, und immer noch hielt sie ihren kleinen Bruder. Hielt ihn fest in den Armen. Sie hielt ihn, als er sie mit rätselhaftem Blick aus weit aufgerissenen Augen ansah. Sie hielt ihn, als er Blut spuckte. Als er nach Andeg wimmerte, der mit dem Kopf unterm Flügel hoch oben auf einem Dachbalken saß. Sie hielt ihn noch eine Nacht, hielt ihn, als seine Brust sich spannte wie ein Trommelfell und er um Luft rang. Hielt ihn, als er diese Luft einatmete, aus dem tiefsten Innern.

Sie hielt ihn, als er starb.

Sie hielt ihn fest. Sie wusste nicht genau, wann das Leben aus ihm wich, hörte nur, wie Andeg dreimal sehnsüchtig krächzte, als riefe er seinen Spielkameraden. Und dann wusste Omakayas, dass sich etwas verändert hatte. Der Körper ihres kleinen Bruders wärmte sie nicht länger mit seiner Hitze, sie waren gleich warm, und dann war er kälter. Doch sie ließ ihn noch immer nicht los. Nokomis musste ihn ihr aus den Armen nehmen, und da sank Omakayas auf die Decke, die Arme noch immer wie eine Wiege für den Bruder, und hatte an diesem Tag kein Bewusstsein mehr.

Sie erwachte mitten in der Nacht.

Als sie die Augen öffnete, wusste sie sofort, was passiert war, und das war so trostlos, dass sie die Augen wieder schloss. Vielleicht wünschte sie sogar fast, sie wäre auch krank, damit sie ihn begleiten könnte. Denn Nokomis hatte gesagt, die Ojibwa müssten einen Pfad entlanggehen, der von diesem Leben in das nächste führe, und wer würde Neewo, der noch nicht besonders gut laufen konnte, tragen, wenn er müde wurde oder hinfiel? Wer würde dafür sorgen, dass er in der anderen Welt zu essen hatte? Wer würde ihm Spielzeugpuppen basteln, die er tanzen lassen konnte? Wer würde sich um ihn kümmern, wenn er sich verlaufen hatte?

Die traurige Antwort bekam sie, als sie wieder aufgestanden war und Nokomis bei der Pflege der Eltern und der Geschwister half. Währenddessen brachte Alter Talg die Nachricht. Sie legte vier Kaninchen neben die Tür und wartete dann einen Moment, bevor sie sprach.

»Zehn Schnee hat uns verlassen«, sagte sie.

Auf dem Weg in die nächste Welt, dachte Omakayas, während sie ihrem Vater blind vor Tränen Wasser auf die Lippen träufelte, würden Zehn Schnee und Neewo sich ganz bestimmt treffen. Bestimmt würde Zehn Schnee Neewos Hand fassen, ihn mit Schwung auf den Arm nehmen und ihn an den schwierigen und gefährlichen Stellen vorbeitragen und ihn dorthin bringen, wo sie in Sicherheit waren.

Alter Talg nahm Omakayas den Hornlöffel aus der Hand und befahl ihr, sich schlafen zu legen. Und auch Nokomis musste sich zu ihrer Enkelin in die Ecke legen.

»Ihr beiden ruht euch jetzt aus! Los, oder ich hole

den Stock!« Sie sprach mit rauer, wütender und fester Stimme. Nokomis gehorchte, ließ sich auf die Felle sinken und war eingeschlafen, noch bevor ihr Kopf die Decke berührte.

Omakayas war froh, dasselbe tun zu können.

Dann machte sich Alter Talg an die Arbeit. Sie ließ das Feuer heißer brennen, indem sie das Holz ganz hoch aufschichtete, höher, als Nokomis es gewagt hatte, denn sie wusste, dass sie noch mehr Holz schlagen könnte, falls es nötig sein sollte. Sie holte noch einen Topf Wasser herein, häutete die Kaninchen im Feuerschein und kochte eine kräftige Suppe daraus. Sie putzte jeden Winkel des Hauses so gründlich, wie sie ihr eigenes Haus noch niemals geputzt hatte. Ihre Hunde hatte sie freigelassen und jetzt kümmerte sie sich um alles, was die Menschen brauchten, die sie liebte – die sie, auch wenn sie es nie zugegeben hätte, noch mehr liebte als ihre Hunde.

Alter Talg war eine große Hilfe, doch am nächsten Tag musste sie wieder auf die Jagd. Nokomis' Kräfte ließen nach, obwohl sie nicht krank war. Jetzt war nur noch Omakayas übrig, die sich um die Kranken kümmern konnte. Sie musste sich um das Feuer kümmern, Wasser holen, die Kranken zudecken, waschen, sie trösten, wenn sie unruhig waren. Sie schlief kaum eine Stunde am Stück. Erst hatte der eine sie nötig, dann die andere. Dann ein Dritter, dann wieder der Erste. Es nahm kein Ende. Ihre Schreie waren erbärmlich.

Wenn die juckenden Pusteln kamen, die der Krankheit ihren Namen gegeben hatten, umwickelte Omakayas die Hände der Kranken mit Tüchern, biss ihnen die Fingernägel herunter und tat alles, damit sie sich nicht kratzen konnten. Der Juckreiz brachte sie fast um den Verstand. Grapsch hatte es am schlimmsten erwischt, und er wurde so schwach, dass Nokomis um sein Leben bangte. Tag und Nacht saß eine von ihnen bei ihm und ließ seine Hände nicht los aus Angst, er würde ins Land der Geister entschwinden. Selbst Andeg schien zu spüren, wie nah Grapsch dem Tod war. Andeg hatte sich in seiner Nähe niedergelassen, als wollte er bei ihm Wache halten. Jedes Mal, wenn Grapsch zu weit hinüberglitt, krächzte der Vogel: »*Gaygo*, Grapsch!« Dann ließ Grapsch widerwillig ein Auge aufflackern und richtete seinen zornigen Kleinjungenblick auf den Vogel. Er war wütend, aber er wurde gesund. »*Gaygo*, Grapsch! *Gaygo! Gaygo!*«, rief Andeg. In Wirklichkeit meinte er: Geh nicht! Bleib hier!

Eines Nachts wurde Omakayas wach und sah, wie Deydey versuchte aufzustehen. Im schwachen Schein des niedrigen Feuers sah sie, wie er die Decken abwarf. Er versuchte hinauszutaumeln. Sie wusste, dass das seinen sicheren Tod bedeutet hätte. Viele starben an dieser Krankheit, wenn sie im Fieber den Verstand verloren, die Decken abwarfen und hinausgingen, wo sie dann erfroren.

»Bitte, Deydey«, sagte sie und hielt ihn zurück.

Er sank auf alle viere, kroch jedoch entschlossen auf die Tür zu. Er stöhnte und seine Haare standen wirr ab. Sein Blick erkannte sie nicht und sein Gesicht sah furchtbar aus. Er krallte sich an der Tür fest, fiel auf die Knie. Richtete sich auf den Knien auf. Diesmal war er so fest entschlossen, dass Omakayas ihn nicht davon hätte abhalten können, nach draußen zu gehen. Obwohl er so krank war, war er doch zu stark für sie.

»*Gaween onjidah*«, sagte sie, »verzeih.«

Dann nahm sie einen Holzklotz und schlug ihn Deydey mit aller Kraft auf den Kopf. Er krümmte sich und ging zu Boden. Omakayas schluchzte, als sie seine Felle herüberzog und ihn damit zudeckte. Er war zu schwer, als dass sie ihn zum Feuer hätte schleifen können. Lange kniete sie neben ihm und betete um sein Leben. Sie liebte ihn, ihren Deydey. Was sollten sie ohne ihn anfangen? Als sie wieder in ihren eigenen Decken lag, sank sie sofort in schwere Bewusstlosigkeit. Als sie erwachte, war es Morgen.

Sofort fiel ihr die letzte Nacht wieder ein. War ihr Vater tot? Hatte ihr Schlag ihn getötet? Angst ergriff sie, als sie neben ihn kroch und ihm die Hand an die Lippen hielt. Er atmete regelmäßig. Es schien ihm sogar etwas besser zu gehen als am Tag zuvor. Am späten Vormittag schlürfte er zum ersten Mal ein wenig Brühe. Schlug die Augen auf.

»Mein kleiner Frosch.« Er lächelte und machte die Augen wieder zu, diesmal um ruhig zu schlafen. »Mit deinem starken Schlag könntest du sogar einen Bären zur Strecke bringen.« Sein Fieber war endlich gebrochen.

Mit ihrer unermüdlichen Fürsorge brachte Omakayas die kleine Familie durch das erste gefährliche Stadium der Krankheit. Einer nach dem anderen erholten sie sich, und das war nur Omakayas' guter Pflege zu verdanken. Dennoch: Achtzehn Ojibwa starben an der Krankheit, und einer versuchte sich auf andere Weise umzubringen.

Dieser Mann war Fischschwanz. Niemand hatte bis dahin gewusst, dass seine Frau sein Ein und Alles war. Als Zehn Schnee von ihm ging, wollte Fischschwanz sich nicht von ihrem Körper trennen. Er ritzte sich die Arme auf und man fand ihn halb tot in der Decke neben ihr. Er überlebte. Doch sobald er die Kraft dazu hatte, schnitt er sich das lange, dicke, prächtige

Haar ab. Er begrub es zusammen mit der reizenden Frau, die den Namen Zehn Schnee nicht deshalb getragen hatte, weil ihre Haut weiß gewesen wäre oder weil sie vielleicht irgendetwas mit Schnee zu tun gehabt hätte, sondern weil die freundliche Zuversicht ihres Wesens ihre Namensgeber an eine dicke Schneedecke erinnert hatte, die alles einhüllt und verzeiht.

Mitten im tiefsten Winter wurden Neewo und Zehn Schnee nebeneinander begraben. Ein großes Feuer wurde angezündet um den Boden aufzutauen. Neewo und Zehn Schnee wurden in rote Decken gewickelt, dann in Birkenrinde und schließlich sanft in die gute Mutter Erde, *Akeeng*, gelegt. Sobald es Deydey besser ging, errichtete er zusammen mit Fischschwanz die Grabhäuser für ihre Lieben. Eine kleine fensterartige Öffnung am westlichen Ende jedes der beiden Häuschen versahen sie sorgfältig mit einem Rahmen und brachten darunter ein Brett für Opfergaben an. Obwohl das Essen knapp war, brachte Mama Neewo oft eine Kleinigkeit aus ihrer eigenen Schale und legte sie zusammen mit Tabak auf das Brett.

In eine Decke gehüllt blieb sie lange in der Kälte stehen und betete für ihren kleinen Jungen. Auf der

Grabstätte gab es viele neue Gräber. Es war ein harter Winter. Fast jedes Mal, wenn sie dasaß und zum Geist ihres Kindes sprach, kam noch jemand vorbei, legte etwas von seinem Tabak dazu, sagte einige tröstende Worte und widmete sich dann seiner eigenen Trauer.

Auch Omakayas wurde krank, aber bei ihr waren es nicht die Pocken. Nachdem ihre Familie die Pocken überstanden hatte, folgte eine ganz andere Krankheit, eine Krankheit aus Schwäche und Trauer. In dem Maße, in dem ihre Mutter kräftiger und ihr Vater wieder der Alte wurde, zog sich Omakayas von der Welt zurück. Sie aß immer weniger und grübelte bis tief in die Nacht hinein.

Oft sah sie vor ihrem geistigen Auge Neewos winzige Mokassins im Feuerschein verloren herabbaumeln und wie sie dann, als er sie im Fieber abstreifte, übereinander purzelten. Er hatte sie nie wieder in seinem kurzen Leben getragen.

Ihr Bruder Grapsch hingegen erholte sich über alle Maßen. Vom Dachboden aus konnte sie ihn unten hören, wilder und lauter denn je. Sie hörte ihren Vogel Andeg auf dem Fußboden scharren. Sie hörte Alter Talg kommen und gehen. Sie hörte ihre Großmutter, die ein altes Lied sang, während sie etwas Duftendes im Topf umrührte. Freundlich rief

Mama sie, am Fuß der Leiter stehend. Omakayas hörte es, doch sie hielt die Augen geschlossen.

Essen interessierte sie nicht. Sie dachte nur noch an Neewo. Sie überlegte, was sie hätte tun können um die Krankheit aufzuhalten. Hätte sie ihm mehr Suppe geben sollen? Ihn zwingen, die warmen Mokassins anzubehalten? Ihn hinaus in den Wald bringen? Dort allein mit ihm leben, bis die Pocken sich ausgetobt hätten? Und Mama, um sie machte Omakayas sich ebenfalls Sorgen. Sie war so still und so dünn, so beherrscht. Wenn sie dasaß, saß sie nicht einfach nur still, es war, als würde sie zu Stein. Der Verlust war ihr so tief ins Gesicht geschrieben, dass Omakayas es gar nicht ertragen konnte, sie zu sehen. Angeline war ihr ein gewisser Trost, wenn sie auch noch schwach war. Immer lag sie Alter Talg mit der Bitte in den Ohren, ihr einen Spiegel zu bringen, doch die alte Frau weigerte sich, bis Angeline sie eines Tages fürchterlich anschrie, sie wolle ihr Gesicht sehen. »Ist es so schlimm?«, rief sie wütend. »Bin ich jetzt so hässlich?«

»*Gaween*«, sagte Alter Talg sehr langsam, und ein Schatten legte sich auf die Falten in ihrem Gesicht, »du bist immer noch schön.«

Omakayas, die neben ihrer Schwester lag, konnte es kaum ertragen und machte die Augen zu. Angelines

Wangen waren von den Pocken mit Narben übersät, und Angelines in einem vollkommenen Jagdbogen geschwungener dunkler Mund war jetzt leicht verzerrt. Die Pocken hatten ihr Gesicht so ausgezehrt, dass die Zähne vorstanden. Und was das Schlimmste war: Die Pocken hatten Angelines winzigen Bruder und ihre Herzensfreundin Zehn Schnee getötet. Der Schmerz und die Trauer zeichneten sich in tiefen Furchen um ihren Mund herum ab.

Der Spiegel kam oder jedenfalls die Scherbe eines Spiegels, und Angeline starrte hinein. Langsam füllten sich ihre Augen mit Tränen. Als sie genug gesehen hatte, legte sie den Spiegel nieder, drehte sich um und weigerte sich lange, ein Wort zu sagen.

Für Omakayas war es schwierig, alles zu verstehen, was geschehen war. Dass Neewo tot war, obwohl sie nachts immer noch seine Schreie zu hören meinte. Dass das Gesicht ihrer Schwester nie wieder ebenmäßig sein würde. Dass sie selbst immer noch zu schwach war um zu rennen und bei jeder Gelegenheit wieder unter ihre Decken kroch. Sie schlief und schlief, als wollte sie nie mehr aufwachen. Sie wollte nicht über das nachdenken, was passiert war, doch dann tauchten mitten in der Nacht Fragen auf, manchmal sogar in ihren Träumen.

Die Geister, die Manitus, die in allen Dingen lebten, warum hatten sie ihre Gebete, die ihrer Mutter und die kraftvollen Gebete von Nokomis überhört? Warum hatte die Stärke Deydeys nichts ausrichten können? Und die Medizin ihrer Großmutter, die doch schon oft so hilfreich gewesen war, weshalb hatte sie bei Neewo versagt? Traurig hatte Nokomis gesagt, gegen diese Krankheit des weißen Mannes habe sie keine Medizin. Aber Omakayas hatte keine Pocken. Omakayas hatte etwas anderes. Weshalb sorgte der starke Tee aus Faulbaumrinde, der Tee, den Nokomis für sie braute, nicht dafür, dass sie wieder so munter herumsprang wie früher?

Manchmal dachte sie, dass sie sich schon besser fühlen würde, wenn wenigstens ihre Mutter lachen würde. Doch Gelber Kessel war dumpf und wütend vor Kummer und konnte ihrer Tochter nicht helfen. Ein Tag nach dem anderen verging und Nokomis' Tees wurden immer bitterer. Sie machte ein stärkeres Gebräu, verbrannte Ruchgras und fächelte Omakayas den Duft zu, doch die eisige Kälte schien von ihrem Herzen Besitz ergriffen zu haben. Sie schämte sich der Gedanken, die ihr manchmal kamen, wenn sie im Bett saß. Wenn sie Grapsch atmen hörte, ihren nervtötenden Bruder, der überhaupt nicht traurig zu sein schien, fragte sie sich, warum Neewo weggenommen und Grapsch zurückgelassen worden war. Warum war Neewo mit in die nächste Welt genommen und sie zurückgelassen worden? Es gab keine befriedigende Erklärung. Nichts, was ihr die Hoffnung gegeben hätte, die sie gebraucht hätte um aufzustehen und ins Leben zurückzukehren. Nicht einmal, als Angeline eines Tages tapfer die Spiegelscherbe zerschlug und mit dem Entschluss die Hütte verließ, zur Missionsschule zu gehen und wie Fischschwanz die Schrift des weißen Mannes zu erlernen, nicht einmal da hatte Omakayas Lust, den Dachboden zu verlassen.

Nokomis saß bei ihr und stickte, manchmal den ganzen Tag. Sie erzählte ihr alte Geschichten, Abenteuer von Nanabozho, dem findigen und großzügigen Lehrer der Anishinabeg, der gefährliche Feinde überlistet und die Anishinabeg zu überleben gelehrt hatte. Omakayas hörte zu, doch auch die Geschichten gaben ihr nicht den Willen, es wieder mit dem Leben aufzunehmen. Hätte Nanabozho die Pocken überlisten können? Könnte Nanabozho den schrecklichen Tag wegschieben und den furchtbaren Besucher fortschicken, der Neewo und Zehn Schnee geholt hatte? Könnte Nanabozho wenigstens ein, zwei Worte zu seiner Verteidigung sagen oder Omakayas zum Weiterleben ermutigen? Nichts geschah. Da waren keine Stimmen, die irgendetwas erklärt hätten. In ihren Träumen war nichts als Leere.

Eines Tages jedoch erschien unerwartet Alter Talg oben auf der Leiter. In ihrer rauen, festen Hand hielt sie ein Gefäß aus Birkenrinde mit Kaninchensuppe, die mit Kartoffeln aus der unterirdischen Vorratskammer gekocht war. »Iss das!«, befahl sie Omakayas. »Oder du kannst was erleben!«, drohte sie, als Omakayas zögerte. Nachdem Omakayas gekostet hatte, bestand Alter Talg darauf, dass sie so viel Suppe trank, bis sie nicht mehr konnte.

»Na bitte«, sagte Alter Talg beifällig. »Du musst wieder zu Kräften kommen.«

Omakayas nickte und machte die Augen zu.

»Jetzt nicht schlafen«, sagte Alter Talg barsch. »Es ist ganz klar draußen. Dein Bruder schlittert auf dem See. Geh raus. Benimm dich wie ein Kind.«

Omakayas hielt die Augen geschlossen und machte lange Atemzüge in der Hoffnung, dass Alter Talg glauben würde, sie sei eingeschlafen. Nach einer Weile verstummte die alte Frau, blieb aber neben Omakayas sitzen und überlegte, was sie als Nächstes tun sollte. Natürlich war sie misstrauisch. Omakayas spürte, wie Alter Talgs Blick auf ihr haftete. Schließlich war sie eine Jägerin, die es gewohnt war, vor der

Höhle eines Tieres zu lauern. Wenn es einen Menschen gab, der Omakayas zurück ins Leben katapultieren könnte, dann war es Alter Talg. Omakayas beschloss länger auszuharren als sie und sich tiefer und tiefer in ihrem dunklen Schlafloch zu verkriechen. Schließlich spürte Omakayas aus weiter Ferne, wie Alter Talg sie probeweise mit ihrer rauen, faltigen Hand berührte, dann hörte sie ihre Kleider rascheln: Alter Talg stand auf und ging leise hinaus.

Zuerst dachte Omakayas, sie habe gewonnen, sie habe Alter Talg überlistet und ihre Geduld erschöpft, was selbst den wachsamsten Tieren nur selten gelang. Doch dann zog sich die Zeit in die Länge. Omakayas konnte nicht einschlafen. In ihren Füßen kribbelte es, sie wollten rennen. Die Lebenskraft von der Kaninchensuppe durchströmte sie, und sie trommelte mit den Fingern auf den Fußboden. Sie blieb stur und machte die Augen zu. Wer hat hier wen reingelegt?, fragte sie sich. Draußen war strahlender Sonnenschein. Hatte sie Alter Talg wirklich ein Schnippchen geschlagen, und wenn ja, auf wessen Kosten? Doch nur auf ihre eigenen! Mit einem Seufzer stand Omakayas auf. Sie ging hinaus. Zum ersten Mal seit der Krankheit spürte sie die Sonne auf dem Gesicht, aber selbst das Versprechen dieser Wärme entlockte ihr kein Lächeln.

ELFTES KAPITEL

HUNGER

Der Besucher Tod war in diesem Jahr lange geblieben und hatte viele Anishinabeg mit in die nächste Welt genommen. Die Zurückgebliebenen hatten die Aufgabe weiterzuleben, auch wenn eisiger Schnee fiel, die bittere Kälte noch schneidender wurde, das Wild sich nicht blicken ließ und die Fische noch tiefer im See schwammen. Jetzt, da Omakayas anfing ein wenig Kraft zu schöpfen, sehnte sie sich danach, zu essen, ganz egal, was. Doch morgens gab es gerade einmal so viel Maismehl, dass es für ein paar Happen Brei reichte, gerade einmal so viel Wildreis, dass jeder eine Hand voll für den ganzen Tag hatte. Manchmal ergatterte die Familie eine Kartoffel, manchmal

191

ein Stück Maisbrot. Nachdem der Trockenfisch und das gedörrte Reh aus der Vorratskammer aufgebraucht waren, gab es kein Fleisch mehr.

Omakayas war stark genug um Holz hereinzuholen, wenngleich sie beim Gehen zitterte. Auch Mama ging es allmählich besser, zumindest ihrem Körper. Ihr Gesicht blieb unverändert traurig, und in ihrem Blick lag noch immer die quälende Trauer um Neewo.

Deydey kam so langsam wieder auf die Beine, dass er nicht die Kraft zum Jagen hatte. Zwar versuchte er zu fischen, doch er hatte nicht viel Glück und konnte auch nicht lange in der Kälte stehen. Er musste Anleihen auf die Felle des nächsten Jahres machen. Sie kauften teures gepökeltes Schweinefleisch und mussten bei den Händlern anschreiben lassen.

Eines Tages machte Deydey eine Kerbe in seinen Rechenstab und sagte zu Omakayas:

»Wenn dieser Winter um ist, hat Cadotte alle Felle des nächsten Jahres – es sei denn, morgen läuft uns das Wild direkt vor die Flinte! Oder ich müsste Cadotte umstimmen.«

In seinen Augen blitzte es und ein leichtes Grinsen zuckte über sein Gesicht – das war das alte Schlitzohr in ihm, das niemals krank gewesen war.

»Bring mir das Schachspiel«, sagte er zu Omakayas.

Sie wusste genau, wo es war. Das wertvolle Spiel hatte Deydeys Großvater gehört, der Deydey dieses Chimookoman-Spiel beigebracht hatte. Das Schachspiel wurde ehrfurchtsvoll in einem roten Tuch aufbewahrt und zusammen mit den Medizinbündeln und Deydeys Festtagskleidern in einer bestimmten Ecke des Raums versteckt. Alle paar Tage holte Deydey es hervor, um allein zu spielen oder um anderen die Züge beizubringen. Jetzt hob Omakayas es vorsichtig hoch und trug es zu Deydey.

Er nahm das Spiel und stellte im Schein des Feuers die Figuren auf. Sie waren aus feinst gemasertem Ahorn handgeschnitzt. Die Königin, die *Ogema*, trug einen kleinen spitzen Hut. Omakayas mochte die Pferde mit dem starken, geschwungenen Hals. Die Bauern waren kleine Leute mit runden Gesichtern. Die Läufer sahen genauso aus wie Pater Baraga, der Priester, der meilenweit in seinen Schneeschuhen lief, um Leute zu taufen, und dabei der anderen Mission und den Manitus Seelen stahl. Am liebsten hatte Omakayas die kleinen Türme, die außen standen und sich so geradlinig und zielstrebig vorwärts bewegten. Die beiden fingen an zu spielen. Für gewöhnlich brauchte Deydey nicht lange, um sie zu schlagen. Heute jedoch strengte sie sich so verzweifelt an, weit genug vorauszudenken, dass das Spiel eine erstaunliche Länge erreichte.

»*Geget chiwohningeyz*«, sagte Deydey anerkennend. »Gut gemacht! Mein Mädchen, vielleicht solltest du an meiner Stelle gegen Cadotte spielen.«

Deydey lobte so selten, dass Omakayas, wenn es doch einmal vorkam, gar nicht gleich begriff, was er gesagt hatte. Erst später, als sie in ihre Decke gehüllt dalag, drang die Wärme seines Lobs zu ihrem Herzen durch und wärmte sie, während sie in einen gesunden Schlaf fiel.

Am nächsten Tag machte sich Deydey mit dem Schachspiel auf den Weg zum Händler, wo er um Vorräte spielen wollte. Niemand aus der Familie durfte mitkommen und zugucken, denn dort versammelte sich oft rüdes Volk: Tagediebe, Trinker, Voyageure, die den Winter bei Glücksspiel und Rum überbrückten. Immerhin waren Fischschwanz und LaPautre auch dort und von LaPautres Tochter Zwielicht erfuhren die Mädchen später die Einzelheiten über das Spiel.

Zwielicht zufolge war Deydey in bescheidener Haltung hereingekommen und hatte anfangs schlecht gespielt, damit der Händler den Einsatz erhöhte. Dann hatte Deydey das Spiel scheinbar ungeschickt in die Länge gezogen, bis Cadotte sich für unschlagbar hielt. Cadotte war davon überzeugt, dass er gewinnen würde. Er war sich seiner so sicher, dass er lachend einwilligte, Deydey einen Teil seiner Schulden zu erlassen, falls der ihn schlagen würde. Und da ging Deydey zum Angriff über! In sechs schnellen Zügen setzte er Cadotte schachmatt. Deydeys Triumph brachte ein kleines Stück gepökeltes Schweinefleisch, ein bisschen Mehl, ein paar Dörräpfel und eine Blase Fischöl ein. Über das Fischöl war keines der Kinder erfreut.

Jeden Morgen mussten sie das widerliche Zeug schlucken, um ganz sicher zu sein, dass sie jetzt gesund bleiben würden. Der Preis dafür war hoch. Omakayas musste würgen, wenn sie das Öl trank. Tränen traten ihr in die Augen, und mehr als einmal wünschte sie, ihr Vater könnte nicht ganz so gut Schach spielen.

Alter Talg saß am Feuer und reinigte die Teile ihres alten, morschen Gewehrs. Meistens hatte sie mit ihrer spitzen Lanze mehr Glück, doch sie behauptete, der Hunger habe sie so geschwächt, dass sie mit der rasiermesserscharfen Waffe nicht mehr richtig zustoßen könne. Selbst ihre Fallen, die sie mit großem Geschick genau dort aufstellte, wo die Kaninchen hinhoppeln wollten oder mussten, brachten kaum Beute. Die Kaninchen starben plötzlich an einer Krankheit, die ihnen die Eingeweide zerfraß.

»*Neshkey!*« Alter Talg schlitzte ein armseliges *Waboose* auf, ein Kaninchen, und öffnete seinen mageren Körper, um ihnen zu zeigen, dass das Tier von innen Mus war, ein blutiger Pudding.

»Wahrscheinlich schon wieder so eine Krankheit des Chimookoman!«, knurrte sie. Seit Neewos Tod weigerte sie sich, auch nur ein Wort mit irgendwem zu reden, der kein Anishinabe war. Für die Händler hatte sie nur einen kalten Blick übrig, für die Missionare eine unbewegte Miene, und die wenigen anderen weißen Besucher, die zufällig auf die Insel kamen, wurden von Alter Talg nicht gegrüßt. Sie gab ihnen die Schuld an der Krankheit. Sie gab ihnen auch die Schuld an dem schlechten Zustand des Wildes und an der Nahrungsknappheit – wenn so viele Tiere gejagt wurden, damit man ihre Felle an weiße Händler verkaufen konnte, blieben natürlich weniger für den eigenen Bedarf übrig. Das einzige Übel, für das sie den Chimookoman nicht verantwortlich machen konnte, war das Wetter, obwohl sie auch das versuchte.

»Mit ihren lauten Stimmen verschrecken sie die Sonne! Die Sonne hat Angst vor ihren behaarten Gesichtern!«

»Wenn die Sonne vor deinem Gesicht keine Angst hat«, sagte Deydey, »kann auch kein Chimookoman sie verscheuchen.«

»Du bist ein Mischblut!«, höhnte Alter Talg, die ihren Spaß daran hatte, sich mit Deydey gegenseitig Beleidigungen an den Kopf zu werfen, »*Wisikodewinini*, du halb verbranntes Holz. Mit wem spreche ich jetzt, mit der weißen Hälfte oder mit der Anishinabe-Hälfte?«

»Na los, schneid mir den Arm auf«, forderte Deydey sie auf, »und versuch mal das weiße Blut von dem roten zu trennen.«

»Hmmm.«

Alter Talg sah Hilfe suchend zu Nokomis, doch die zog nur die Augenbrauen hoch. »Mikwam! Wenn du so stark bist, dann sorg dafür, dass das Eis schmilzt.«

»Du bist doch der Hitzkopf von uns beiden«, sagte Deydey. »Bring du es zum Schmelzen.«

Das konnte niemand, denn nach ein paar Wochen mit freundlichem Wetter hatte es überraschend heftig gefroren, und der Frühling schien in weiter Ferne. Omakayas war die verschiedenen Arten Eis um sie herum leid. Es gab das ganz normale Eis, das undurchsichtige Eis, das den See bedeckte und die Fische darunter verbarg. Das war das Eis, das sie jeden Tag zusammen mit Nokomis aufhacken musste, damit sie in dem tiefen Loch fischen konnten. Nur selten bissen die Fische an. Es kam vor, dass sie den ganzen Tag fischten und noch nicht mal eine magere Seeforelle fingen. Natürlich waren die Netze, die sie durch das Loch im Eis herabließen, im selben Moment, in dem sie wieder an die Oberfläche kamen, schon steif gefroren. Leere Eisnetze! Dann gab es noch das Eis auf dem Ölpapierfenster, Eis, das an kalten Morgen die Wände ihrer Hütte bedeckte, Eis auf den gefrorenen Wegen und Eis im Wassereimer. Durchsichtiges Eis, weißes Eis und Eis, das so schwarz und fest war, dass man nicht hindurchsehen konnte.

»Wenn man Eis doch nur essen könnte! Wenn Eis doch satt machen würde!«, sagte Grapsch. Und als er das sagte, schob sich vor sein inneres Auge das Bild von den Würgkirschen, die er sich im Sommer in den Mund gestopft hatte. Mama hatte Recht gehabt. Wenn sie die jetzt bloß hätten!

Alles, dachte Omakayas eines Abends vorm Einschlafen, was sie interessierte, war dünnes Eis. Und dann kein Eis. Schmelzendes Eis. Das dachte sie, bis sie ihren Traum hatte.

Nokomis hatte ihr eines Abends das Gesicht mit Kohle eingerieben, sie ohne Essen ins Bett geschickt und ihr gesagt, sie solle sich ihre Träume merken, falls sie welche hätte. Nokomis wollte, das wusste Omakayas, dass sie einen hilfreichen Geist suchte und fand, einen großen Geist in der Geisterwelt, der ihr helfen würde, ihren Lebenswillen wiederzufinden. Omakayas versuchte sich aufzuraffen und nicht mehr sinnlos traurigen Gedanken nachzuhängen. Doch sie konnte es nicht ändern. Die Welt war ihr gleichgültig. Trotzdem tat sie, was Nokomis von ihr verlangte, und legte sich mit dem Vorsatz schlafen, jeden möglichen Traum zu behalten.

Aber wie damals im tiefsten Winter war in ihren Träumen nichts als Leere. Nachdem der Mond ein Viertel gewandert war, versuchte Nokomis es erneut. Nichts. Schließlich sorgte Nokomis dafür, dass Omakayas nach einem besonders trägen Tag ein weiteres Mal versuchte zu träumen. Sie verrieb den trockenen Kohlenstaub auf Omakayas' Gesicht und sang ihr beim Einschlafen etwas vor.

In dieser Nacht träumte Omakayas.

In ihrem Traum war alles Eis und sie schlitterte darauf. Immer schneller, immer schwungvoller glitt sie durch den Wald und dann hinunter zum Ufer des Sees. Irgendetwas zog sie zum vereisten Seeufer, und obwohl sie wusste, dass unter dem Eis Felsen waren, glitt sie immer weiter und erkundete die Gegend. Plötzlich stand sie vor einer Höhle. Sie ging hinein.

»*Ahneen*«, sagte eine weiche Stimme aus der tiefen Finsternis.

»*Ahneen*«, sagte Omakayas. »Wo bist du?«

In einem Lichtschimmer zeigte sich eine mütterliche Frau. Sie war mit den schönsten Pelzen bekleidet, und sie hatte ein sehr freundliches Gesicht mit tiefen, feurigen Augen. Schwarzer Pelz kräuselte sich auf ihrer dunklen Haut. Sie öffnete den Mund. Sie hatte lange spitze Zähne, doch es war nichts Furcht Erregendes an ihr.

»Ich will dir helfen«, sagte die Frau. »Ich liebe dich und habe Mitleid mit dir. Denk nur immer daran, mir Tabak zu geben. Ich bin die Frau des Bärengeistes. Ich habe deine Urgroßmutter und deinen Urgroßvater gekannt. Sie leben jetzt bei mir.«

Langsam erwachte Omakayas. Es war, als würde sie aus den warmen Tiefen eines Gefühls an die Oberfläche gespült. Sie wollte in dem Traum bleiben, doch genauso, wie sie an warmen Tagen im See trotz aller Anstrengungen, auf dem Grund des Sees sitzen zu bleiben, doch immer wieder an die Wasseroberfläche geschaukelt wurde, verlor sie auch diesen Kampf. Nach einer Weile wusste sie, dass sie endgültig wach war. Der Traum war vorbei.

Später an diesem Tag erzählte Omakayas Nokomis von ihrem Traum.

Nokomis nahm sie sofort beiseite und führte sie zu der Ecke am Ölpapierfenster. Dort setzte Nokomis sich ihr gegenüber, strich ihr mit ihren abgearbeiteten Händen das Haar zu beiden Seiten glatt und lächelte sie liebevoll an.

»Diese Bärenmenschen wollen dir helfen. Du darfst nicht vergessen, deiner Helferin jedes Mal, wenn du an sie denkst, Tabak zu geben. Diese Frau ist immer bei dir. Sie wird dir helfen. Sie wird dich in dieser Welt behüten.«

Das einzig Gute an dieser Zeit des Winters waren die Geschichten. Während der Schnee und das Eis immer noch nicht nachließen, erzählte Nokomis ihnen Geschichten über die Welt der Manitus und Windigos und Geschichten über Nanabozho, den komischen Lehrer. Die Geschichten über Nanabozho gehörten zu den Lieblingsgeschichten der Mädchen. Vielleicht weil sie sich oft so klein und hilflos vorkam, dachte Omakayas noch lange über eine bestimmte Geschichte nach, die Nokomis ihnen erzählte. Sie hörte sie besonders gern, wenn die Flammen tanzten und die gefrorene Welt um die kleine Hütte herum dunkel war. Eines Nachts bat sie ihre Großmutter, die Geschichte noch einmal zu erzählen.

»Nokomis, bald bricht das Eis und in den See kommt Bewegung. Dann fangen die Tiere an sich zu regen, und die Frösche wachen auf! Ich weiß, dass es dann bis zum nächsten Winter keine Geschichten mehr gibt. Also, bitte, noch einmal die von der tauchenden Bisamratte?«

Nokomis nickte, erfreut über Omakayas' Bitte, denn diese Geschichte war eine wichtige Fabel, eine *Adisokaan*.

Während ihre Finger flink über die Stickarbeit huschten, erzählte sie die Geschichte vom Anfang der Erde.

NANABOZHO UND BISAMRATTE ERSCHAFFEN EINE ERDE

Maywizah, maywizah, vor langer Zeit. Der Regen kam. Noch mehr Regen, als wollte er nie mehr aufhören. Das Wasser stieg so schnell, dass unser Nanabozho auf den Gipfel eines Hügels lief. Das Wasser folgte ihm. Auf dem Gipfel des Hügels stand ein Kiefernbaum. Nanabozho kletterte auf den Baum. Das Wasser stieg immer noch. Er sagte zu dem Baum: »Bruder, streck dich.« Der Baum streckte sich auf das Doppelte seiner Höhe. Nanabozho kletterte weiter hinauf, dann bat er den Baum, sich noch einmal zu strecken. Der Baum streckte sich um ein Vierfaches. So groß war er jetzt.

Schließlich sagte der Baum zu Nanabozho, mehr könne er nicht für ihn tun. Höher konnte der Baum nicht wachsen. Doch da hörte das Wasser auf zu steigen. Nanabozho stand im Wipfel des Baums. Er hatte den Kopf in den Nacken gelegt, und das Wasser stand ihm bis zum Mund.

Nach einer Weile bemerkte Nanabozho, dass

im Wasser Tiere spielten, Biber, Bisamratte und Otter. Nanabozho sprach zuerst Otter an und fragte ihn: »Bruder, könntest du hinabtauchen und ein bisschen Erde heraufholen? Wenn du das tust, mache ich uns beiden eine Erde, auf der wir leben können.«

Otter sagte: »Ich will es versuchen.«

Weg war er, hinab zum Grund des Wassers. Doch Otter kam noch nicht einmal bis zur Hälfte. Er ertrank und trieb dann an die Oberfläche. Nanabozho packte den Otter, untersuchte seine Pfoten und sah ihm ins Maul, fand jedoch keine Erde. Da blies Nanabozho Otter an und gab ihm das Leben wieder.

»Hast du etwas gesehen?«, fragte er.

»Nein«, sagte Otter.

Als Nächstes sprach Nanabozho Biber an. Er bat ihn, nach etwas Erde zu tauchen, und sagte: »Wenn du das tust, mache ich uns eine Erde, auf der wir leben können.«

Biber sagte: »Ich will es versuchen«, und tauchte hinab. Biber blieb lange Zeit weg. Dann trieb er an die Wasseroberfläche. Auch er war ertrunken. Nanabozho packte den Biber und blies ihn an. Als Biber zu sich kam, untersuchte Nanabozho seine Pfoten und sein Maul nach Erde, konnte jedoch nichts finden.

»Hast du auf dem Grund Erde gesehen?«, fragte Nanabozho ihn.

»Ja«, sagte der Biber. »Ich hab sie gesehen, aber ich konnte sie nicht zu fassen kriegen.«
Beide Tiere hatten es vergeblich versucht.

Auch Bisamratte tollte im Wasser herum. Nanabozho hielt nicht viel von der Bisamratte, weil sie so klein war, nur ein winziges, schwaches Tier. Doch nach einer Weile fragte er sie: »Warum probierst du nicht auch einmal, etwas Erde hochzuholen?«

»Ich will es versuchen«, sagte Bisamratte und tauchte hinab.

Nanabozho wartete und wartete eine lange Zeit darauf, dass Bisamratte wieder auftauchte. Als er sie auf der Oberfläche treiben sah, war sie vor Erschöpfung tot. Nanabozho packte Bisamratte und untersuchte sie. Bisamratte hatte die Pfoten fest verkrallt. Auch ihr Maul war zu. Nanabozho öffnete eine von Bisamrattes Vorderpfoten und fand ein Körnchen Erde darin. Er nahm es. In der anderen Vorderpfote fand Nanabozho noch ein Körnchen und dann noch jeweils ein Körnchen in

*den Hinterpfoten. Ein weiteres Körnchen war
in ihrem Maul.*

*Als er diese fünf Körnchen gefunden hatte,
blies Nanabozho Bisamratte an, bis sie wieder zum Leben erwachte. Dann legte Nanabozho die Körner auf seine Handfläche. Er
hielt sie in die Sonne, damit sie trockneten.
Als sie ganz trocken waren, warf er sie ins
Wasser. Eine kleine Insel erhob sich. Alle vier
– Nanabozho, Otter, Biber und Bisamratte –
gingen auf die Insel. Von der Insel nahm
Nanabozho noch mehr Erde und warf sie ins
Wasser. Die Insel wurde größer. Jedes Mal,
wenn Nanabozho eine Hand voll Erde ins
Wasser warf, wuchs die Insel. Und alle Tiere,
die unter Wasser lebten, kamen an die Oberfläche und gingen auf diese Insel, die Erde,
auf der wir heute leben.*

Omakayas wusste, dass Nokomis diese Geschichte
nicht einfach nur deshalb erzählte, weil sie sie darum
gebeten hatte. Immer wieder dachte sie daran, wie
die Bisamratte tiefer und tiefer und noch tiefer ge-
taucht war, um dieses bisschen Erde zu holen, aus
dem die Welt entstanden war. Sie stellte sich vor, wie
die Bisamratte schließlich den Grund erreicht und

die Erdkörnchen mit ihren winzigen Pfoten gekrallt hatte.

»Wenn so ein kleines Tier so viel ausrichten konnte«, sagte Nokomis jedes Mal, wenn sie die Geschichte zu Ende erzählt hatte, »ist dein Beitrag auch wichtig.«

Als hätte er Großmutters Geschichte verstanden, leistete auch Andeg seinen ganz persönlichen Beitrag. Wenn Andeg in dieser mageren Zeit Mäuse jagte, geschah es nicht mehr nur in der Absicht, sie von seiner Menschenfamilie fern zu halten. Er jagte um des Überlebens willen. Gierig lauerte der Vogel jeder Maus auf, die sich ins Haus hineinwagte. Dann stürzte sich Andeg hungrig hinab und schlug hart zu, tötete das kleine Tier und fraß es schnell auf. Andeg machte sich auch im Wald auf die Jagd nach Samen und Nüssen, die die Eichhörnchen gehortet hatten. In diesem Winter fand Andeg in einem Baum neben der Hütte eine kleine Höhle. Ein Eichhörnchen hatte die Höhle mit Eicheln, Körnern und Haselnüssen gefüllt. Genug um die Familie ein oder zwei Tage zu ernähren.

»Neshkey«, sagte Mama eines Morgens mit vollen Händen. »Guckt mal, was dieser brave Vogel für uns gefunden hat!«

Andeg schaute auf die Vorräte, als sei er sich nicht so sicher, ob er sie wirklich mit ihnen teilen wollte, doch

Mama freute sich. Sie verteilte eine große Menge Eicheln auf dem Kamin und betrachtete sie zufrieden, bevor sie die kleinen Schalen mit ihrem glattesten Schlagstein aufbrach. Sie schälte die Eicheln, mahlte sie fein und röstete sie mit etwas Maismehl. An diesem Abend gab es süßes Eichelgebäck zu essen. Aus dem letzten Stück Ahornzucker hatte sie ein wenig Sirup für alle gemacht, und wenigstens in dieser Nacht gingen sie mit einer angenehmen Wärme im Bauch ins Bett. Bevor sie einschliefen, dankten sie alle Andeg, der diese Nacht ausnahmsweise im Haus schlafen durfte. Er saß auf einer dicken Stange über dem Feuer, die Deydey zwischen den gemörtelten Steinen angebracht hatte. Andeg freute sich, im Warmen zu sein, er putzte sich das Gefieder, nickte mit dem glatten Köpfchen und plinkerte mit den funkelnden Augen.

Jetzt, da sie ein bisschen gestärkt war, nahm Omakayas sich vor, würde sie wie die Bisamratte ihren kleinen, wichtigen Beitrag leisten. Sie würde morgen mit Andeg in den Wald gehen und noch mehr Eichhörnchenvorräte suchen. Allerdings rechnete sie nicht mit ihrer eigenen Schwäche, ebenso wenig, wie sie damit rechnen konnte, dass Alter Talg so kurzen Prozess machen würde.

Klar und kalt brach der Tag an. Nokomis und Mama

rührten noch etwas Wasser in den dünnen Teig aus Eichelmehl, der vom Vorabend übrig geblieben war. Deydey brachte einen Fisch nach Hause, der so klein und erbärmlich aussah, dass trotz ihres Hungers alle laut lachten, als er ihn stolz in die Luft hob. Das heißt, alle außer Mama. Sie ließ den Blick nur etwas weicher als sonst auf ihrem Mann ruhen und fuhr dann fort mit ihrer Perlenstickerei. Omakayas hatte sich für ihr Vorhaben die wärmsten Sachen angezogen, die Füße mit Kaninchenfell umwickelt und Mokassins darüber gezogen. Dann ging sie mit Andeg auf der Schulter los, um nach den Vorratskammern der Eichhörnchen zu suchen.

Zwar war sie schon mit Nokomis fischen gewesen, doch zum ersten Mal seit dem Tag, an dem sie das Haus mit den Kranken betreten hatte, wagte sie sich jetzt wieder in den Wald. An jenem Tag war sie der Krankheit hineingefolgt und hatte beschlossen, gegen den bösen Geist der Seuche zu kämpfen. Sie hatte ihren geliebten Neewo verloren. Jetzt beschloss sie, niemanden aus ihrer Familie an den Hunger zu verlieren. Irgendwo würde sie schon etwas zu essen finden. Schwindel übermannte sie. Ihre Knie fühlten sich wacklig an, das Blut floss dünn durch ihre Adern. Sie blieb stehen, hielt sich an einem Baum fest und ging dann tiefer in den Wald. Zuerst musste sie an der Hütte von Alter Talg vorbei. Sie kniff die Augen zusammen, als sie den Pfad betrat, und ging schnell und entschlossen weiter. Sie würde nicht stehen bleiben, bis Andeg ihr sagte, wo sie noch mehr Nüsse und Eicheln finden konnte.

Aber Omakayas hatte nicht an den gelben Hund gedacht.

Als sie auf die Hütte von Alter Talg zuging, stand er genau auf ihrem Weg. Sie nahm sich vor, ihn nicht anzusehen, doch sie konnte nicht vergessen, was sein Blick ihr im vergangenen Sommer gesagt hatte: *Wart's nur ab! Beim nächsten Mal krieg ich dich! Ich krieg dich, wenn keiner dabei ist*. Was könnte er ihr schon tun? Trotz ihrer Schwäche würde sie innerlich stärker sein, sie würde keine Angst zeigen. Doch als ob er ihren wahren Zustand witterte und nicht ihren grimmigen Mut, kam der gelbe Hund auf sie zu. Wie immer knurrte er. Omakayas hob einen Stock auf und da ging er ein paar Schritte zurück. Als sie den Stock aber schwang, erhob sich vor ihren Augen ein wirbelnder Nebel aus Lichtpunkten. Plötzlich war es, als würde sie über eine schwarze Klippe treten. Sie strauchelte, fiel und wurde ohnmächtig. Der gelbe Hund machte einen Satz auf sie zu. Andeg kreischte und pickte dem Hund mit dem Schnabel zwischen die Augen, doch der Hund war versessen darauf, endlich einen Menschen unterzukriegen. Als ungeschicktester Hund aus Alter Talgs Jagdrudel hatte er den Drang, sich irgendjemandem überlegen zu zeigen, wenn es auch nur ein kleines krankes Mädchen war.

Omakayas tastete nach ihrem Stock, doch den hatte der gelbe Hund plötzlich zwischen den Zähnen. Er knurrte, riss an dem Stock, als hätte er eine Taschenratte gefangen, ließ ihn dann fallen und zerrte wild an der Decke, die ihr vom Arm gefallen war. Er machte einen bösartigen Satz und biss Omakayas über dem Handgelenk in den Arm. Als er zurücksprang, blitzte in seinen Augen feiger Triumph auf. Omakayas versuchte zu schreien, doch die Stimme blieb ihr in der Kehle stecken und sie brachte nur ein Quieken heraus. Wieder übermannte sie rasende Dunkelheit. Sie versuchte hochzuschnellen, zurückzuknurren und den Hund einzuschüchtern. Doch der Hund merkte, dass sie ihm ausgeliefert war, und das stachelte ihn noch mehr an. Er machte wieder einen Satz auf sie zu. Diesmal ging er auf ein Bein los und biss tief hinein. Omakayas hörte einen lauten Schrei, ihren eigenen Schrei, und dann verdunkelte der Schmerz ihren Blick. Sie versank in einem Strudel aus Finsternis.

Einen Augenblick später erwachte sie in den Armen von Alter Talg.

»Was ist passiert?«

Neben ihnen schlich mit eingezogenem Schwanz der gelbe Hund und versuchte dem zornigen Blick seiner Herrin auszuweichen. Als Alter Talg sah, dass Omakayas nicht gefährlich verletzt war, legte sie sie behutsam auf den Boden. Schnell und kraftvoll wie ein Bär packte sie den Hund und hielt ihn mit einer Hand im Genick. Er winselte und knurrte in Omakayas' Richtung, als wollte er sagen: *Sie hat mich dazu gebracht!* Alter Talg schüttelte traurig den Kopf und hob die Axt. Ohne Omakayas zu beachten, die schwach atmend im Schnee lag, sprach Alter Talg zu ihrem Hund wie zu einem Menschen. Während sie ihn im Genick hielt, erzählte sie ihm traurig und bestimmt, was er getan hatte.

»Habe ich dich nicht gewarnt, habe ich dir nicht immer wieder gesagt, dass du diesem Mädchen nichts tun darfst? Ja, *n'dai*, jetzt guckst du mich flehend an, aber ich hab dich schon zu oft davonkommen lassen. Jedes Mal, wenn ich dir das Leben gelassen habe, habe ich dir gesagt, was passiert, wenn du noch einmal so dumm bist. Jetzt, mein dummer Freund, musst du sterben.«

Mit diesen Worten schlug Alter Talg dem gelben Hund mit der stumpfen Seite ihrer Axt auf den Kopf. Er brach zusammen und fiel nieder.

»O nein! Tante!«

Wenn der gelbe Hund sie auch gehasst hatte, sie vielleicht sogar töten wollte – Omakayas war nicht darauf gefasst gewesen, dass sein feiges Leben ein so brutales und plötzliches Ende nehmen sollte. Alter Talg hatte ein harsches Urteil gefällt und es im Handumdrehen vollstreckt. Das hieß jedoch nicht, dass sie hartherzig gewesen wäre oder nicht um ihren Freund getrauert hätte. Es hieß nur, dass Omakayas wichtiger war. Das Letzte, was Omakayas von dem gelben Hund sah, war ein Bündel in Alter Talgs Armen. Als die starke alte Frau davonging, lag in ihrem Schritt der Schmerz über den Abschied von einem alten, doch gefährlich dummen Freund.

Langsam rappelte sich Omakayas auf und wankte in dem Bewusstsein vorwärts, dass sie zum Haus würde zurückkehren müssen. Sie war immer noch nicht kräftig genug, um etwas zu essen zu besorgen. Mit Andegs Beistand schaffte sie es zurück bis zur Tür und stürzte ins Haus. Wieder wurde ihr schwarz vor Augen. Ihr Magen knurrte, er war so leer, dass er zusammenzukleben schien. Sie hatte Großmutters Hilfe nötig, um die pochenden und stechenden Bisswunden zu verbinden. Sie mussten etwas zu essen haben, sie mussten etwas zu essen haben. Wenn sie nicht bald etwas bekämen, das wusste Omakayas, würden sie alle zu den beiden, die sie schon verlassen hatten, in die Erde kommen.

Es war der große Rehbock Ein Horn, der sie rettete, der ihnen sein Leben schenkte. Zwei Tage später rief Großmutter, kurz nachdem sie wach geworden war, Deydey herbei. Er sollte sich zu ihr setzen, denn sie hatte ihm etwas zu sagen und war vom Hunger so geschwächt, dass sie nur sitzen konnte, am Feuer in ihre Decke eingewickelt.

»Heute Nacht habe ich geträumt«, erzählte sie ihm. »Und jetzt musst du alles, was ich dir sage, ganz genau befolgen.«

Deydey hörte aufmerksam zu.

»Nimm den kleinen Pfad nach Norden, der am Fischlager vorbeiführt«, sagte Großmutter und zeigte langsam in die Richtung, die sie meinte. Sie kniff die Augen zusammen. Schaute tiefer in ihren Traum. Nickte langsam. »Wenn du zu dem größten Baum kommst, geh in Richtung See, dann um die Felsen herum und wieder zurück in den Wald. Dort wird der Rehbock auf dich warten.«

Wenn Großmutter träumte, vor allem in einer Notlage wie dieser, dann wusste Deydey, dass es ein Wahrtraum war, der befolgt werden musste. Er bereitete sich sorgfältig auf die Begegnung mit dem Geist des Tieres vor. Er wusch sich, zog seine besten Kleider und die neuen Mokassins an und ließ sich von Mama die Haare kämmen und flechten. Er reinigte und ölte sein neues Gewehr besonders gründlich. Dann ging er hinaus und befolgte Großmutters Anweisungen. Wie sie gesagt hatte, stand in dem Waldstück hinter den Felsen Ein Horn und wartete. Reglos stand der große Rehbock im ruhigen Licht. Deydey hob das Gewehr und flüsterte Worte voller Hoffnung. Dann Worte voller Dank. Ein Schuss. Der Schuss traf genau. Der Rehbock Ein Horn starb auf der Stelle und ohne Schmerzen.

Deydey opferte dem Geist des Tieres Tabak und dankte ihm. Soviel er tragen konnte, nahm er mit, den Rest des Rehbocks begrub er im Schnee. Zu Hause gab er das Fleisch seiner hungernden Familie und Alter Talg, die es mit Tante Bisam, LaPautres hungrigen Kindern und Fischschwanz teilte.

Als Omakayas an diesem Abend den Reheintopf aß, den Mama gekocht hatte, spürte sie, wie jeder Bissen ihr Kraft gab. Ihr fiel der Tag ein, an dem sie und Angeline die Schönheit des Rehbocks bewundert hatten. Sie hatten ihn erstaunt angeschaut und er war nicht weggelaufen. Ob er damals schon gewusst hatte, dass sie eines Tages auf sein Leben angewiesen sein würden? Omakayas erinnerte sich wieder an das stolze, weiche Leuchten in seinen braunen Augen. Sie machte die Augen zu und sah Ein Horn vor sich, gefeiert und geehrt, geschmückt mit der prachtvollsten Perlenstickerei ihrer Großmutter. Sie machte die Augen wieder auf und dankte dem Tier dafür, dass es ihr das Leben gerettet hatte. Gerade als sie diesen feierlichen Gedanken zu Ende gedacht hatte, rückte Grapsch, nachdem er sich den Bauch voll geschlagen hatte, zu nah an den Kamin heran und setzte seinen Hosenboden in Brand.

»Mama!« Er sprang auf, und eine kleine Flamme schoss von seinem Hinterteil auf. In einer plötzlichen Eingebung setzte er sich einfach in den Wassereimer. Alle schauten ihn an, erst erschrocken und dann, als sie sahen, dass ihm nichts passiert war, fing Mama als Erste an zu lachen. Und Grapsch selbst lachte auch. Lachte so sehr, dass er mit dem Hintern noch tiefer in den Eimer rutschte und nicht wieder herauskam. Lachte und lachte. Lauter und lauter! Und immer wieder nach diesem entsetzlichen Winter sollte Grapsch ihnen das Lachen schenken, als hätte er in diesem Moment begriffen, wie wichtig es war, lustig zu sein. Er wurde ein Witzbold, ein Spaßvogel, der sich über sich selbst genauso lustig machte wie über andere. Vielleicht war es dieses erste befreiende Lachen – das Beste, was sie alle seit Neewos Tod gehört hatten –, was ihn stolz machte. In gewisser Weise hatte er seine Familie ganz genauso gerettet wie Ein Horn.

Der gewaltige Rehbock hatte ihre Körper gerettet, und Grapschs alberner Sprung hatte ihre Seelen gerettet. Kurze Zeit später sagte Nokomis nämlich, ihre Großmutter habe daran geglaubt, dass die Seele der Anishinabeg aus Lachen bestehe. Wenn es kein Lachen gibt, stirbt die Seele. Grapsch hatte das Lachen wieder zum Leben erweckt. Er hatte ihre Seelen wieder in ihre Körper gezaubert. Je lauter sie lachten, desto größer wurde jetzt die Gewissheit, dass sie überleben würden.

ZEEGWUN

(FRÜHLING)

ZWÖLFTES KAPITEL

AHORNZUCKERZEIT

Alle im Haus hörten es – ein Krachen und Ächzen von weit her, das Donnern vom Eis auf dem See. In den See war wieder Bewegung gekommen. Das Eis begann zu brechen. Als die Wellen erst einmal einsetzten, schoben sich riesige Eisschollen gegeneinander und türmten sich hoch auf. Alle rannten sie hinaus – Nokomis, Deydey, Grapsch, Angeline und Omakayas –, starrten zum Horizont und sahen die knackenden, krachenden Eiswellen. Sie spürten das anschwellende Wasser in ihrem Blut. Jetzt wussten sie, dass sie den schlimmsten Teil des Winters hinter sich hatten.

Omakayas lächelte. Ihr Lächeln war jetzt vollständig:

Im Laufe des Winters hatte sie neue Zähne bekommen. Sie war älter geworden. Bald würden Frühlingspflanzen durch das welke Laub hervorlugen. Gekräuselte Farnspitzen. Knospen, Wurzeln, frische junge Blätter. Die dicke Seeforelle würde träge vom Grund an die Oberfläche schwimmen und nur darauf warten, dass man sie fing. Forellen und Weißfische würden ihre Netze füllen. Sie würden wieder an etwas anderes denken können als nur an den nächsten Bissen. Sie würden wieder leben, richtig leben.

Angeline ging jetzt jeden Tag zur Missionsschule. Sie lernte ihren Namen auf *Zhaganashimowin* zu schreiben, in der Sprache des weißen Mannes, und sie brachte Omakayas bei, was sie gelernt hatte. Mit einem spitzen Stock malte sie in den Schlamm und zeigte Omakayas und Nokomis die bedeutsamen Zeichen, die aussahen wie merkwürdige Spuren.
»Welches Tier hat die wohl hinterlassen?«, sagte Omakayas, um ihre Schwester aufzuziehen.
»Geduld«, sagte Nokomis. »Lass uns erst mal gucken, was deine Schwester gelernt hat.«
»Das sind Buchstaben«, sagte Angeline, die ihr Wissen unbedingt mit ihnen teilen wollte. »Immer einer nach dem anderen. Man schaut sie genauso an wie

Spuren. So liest man sie. Sie haben eine Bedeutung und einen Laut.«

»*Howah!* Das ist eine gute Idee! Wie unsere Bilderschrift«, sagte Nokomis.

Die Mädchen kannten Leute wie Fischschwanz' Vater Tagdonner, die Aufzeichnungen für religiöse Versammlungen, die *Midewiwin*, aufbewahrten. Sie ritzten Lieder und Geschichten in Schriftrollen aus Birkenrinde. Ein paar solcher Schriften hatten sie gesehen, und sie wussten, dass Nokomis Zeichnungen in Birkenrinde ritzen konnte. Sie wussten auch, dass einige Felsen am See vor langer Zeit mit Zeichen versehen worden waren. Manche dieser Zeichen waren von Geistern hinterlassen worden, andere von Menschen, wieder andere von einem Volk, das früher einmal auf der Erde gelebt hatte und jetzt verschwunden war. Omakayas war gebannt von all dem, was Angeline über die Spuren des weißen Mannes erzählte.

Das System klang unglaublich – Laute, Bedeutungen –, doch die Idee war gar nicht so dumm. Von nun an wurde es ein lustiger Zeitvertreib, die Zhaganashimowin-Zeichen und -Laute zu erlernen, denn die Abende waren immer noch lang.

»Aaaa«, sagte Angeline und malte den Buchstaben auf den rauen Kaminstein.

»Aaaa«, sagte Omakayas. »Beee. Ceee. Deee.« Langsam lernte sie, alle Zeichen zu malen und alle Laute auszusprechen. Danach würden die Wörter kommen, sagte Angeline, aber das wollte Omakayas nicht glauben. Sie dachte daran, wie sie im letzten Winter, bevor die Krankheit gekommen war, Fischschwanz aus der Missionsschule hatten kommen sehen. Hatte er gelernt, die Spuren des weißen Mannes zu malen? Hatte er gelernt, seinen Namen zu schreiben? Hatte er gelernt, die Wörter in den Verträgen zu lesen, damit man seinem Volk nicht das Land abluchsen konnte?

»*Boozhoo, nindinaweymaganidok*«, rief Fischschwanz eines Tages.

Er blieb an der Tür der Hütte stehen, als er seine Verwandten begrüßte. Großmutter grüßte ihn besonders freundlich, denn er schämte sich noch immer, dass er so schwach und abgemagert war. Sie führte ihn herein. Sein Haar war kurz und stand ab wie die Stacheln eines Igels, sein Gesicht war bleich und eingefallen vor Trauer. Er hatte jetzt nicht mehr so einen stolzen, leicht verächtlichen Blick wie damals, als er mit der Pfeife im Arm durch den Wald geschritten war. Zwar hatte er noch immer die scharfen Züge eines Habichts, ein schönes, ausdrucksvolles Gesicht, doch sein Blick war bescheidener, sanfter geworden. Mitfühlend schaute er auf Omakayas herab und strich ihr übers Haar.

»Kleiner Frosch«, sagte er, und in seiner Stimme lag die Andeutung eines Lächelns, als sei es ein Trost für ihn, sie zu sehen, »meine gute Frau hat dich geliebt wie eine kleine Schwester. Mit deiner aufgeweckten Art hast du sie oft zum Lachen gebracht. Sie hat mir erzählt, dass die Bären dich sehr lieben. Und dass du einen Vogel namens Andeg hast.«

»Andeg!«, rief Omakayas, und wie ein dunkler Pfeil sauste der Vogel herab und landete auf ihrer Schulter. Andeg betrachtete Fischschwanz neugierig und schien sich zu fragen, ob er vielleicht etwas für ihn zu fressen haben könnte. Er tänzelte von einem Fuß auf den anderen, nahm eine Strähne von Omakayas' Haar in den Schnabel, ohne jedoch daran zu ziehen. Andeg steckte ihr die Haarsträhne hinters Ohr wie ein Großvater, der einem Kind mit einer liebevollen Geste gute Nacht sagt!

»*Owah*«, sagte Fischschwanz verwundert, »die Tiere lieben dich wirklich sehr.«

Über der Schulter trug Fischschwanz eine Decke. Das bedeutete, dass er viel zu erzählen hatte und über Nacht bleiben wollte. Deydey fasste ihn zur Begrüßung bei den Armen, und Nokomis fachte das Feuer an, indem sie hier einen Stock und dort ein

Stück Holz genau an die richtige Stelle legte, bis es fröhlich aufloderte. Mama hatte einen schönen Eintopf mit einer Einlage aus blättrigen Fischstückchen bereitet, der jetzt in einem Topf über dem Kaminfeuer hing und vor sich hin brodelte.

Fischschwanz zog die großen Elchlederhandschuhe aus und Angeline reichte ihm eine Holzschale mit Suppe. Sie wollte, dass er sich setzte und sich aufwärmte. Weil er ihr Cousin war und auch weil er der Mann ihrer Freundin gewesen war, war sie in seiner Gegenwart ungezwungen und überhaupt nicht schüchtern. Sie versuchte ihn aufzuheitern, ein Lächeln auf sein Gesicht zu zaubern, indem sie ihn ein bisschen neckte.

»Deydey braucht den ganzen Winter über Schneeschuhe, aber du«, sagte Angeline mit einem Kopfnicken zu Fischschwanz, »hast deine schon an, was?«

Fischschwanz lächelte ein wenig; für ein richtiges Lachen war er noch zu sehr von Trauer erfüllt. Er wackelte mit den Füßen – es stimmte, sie waren groß, fast so groß wie Schneeschuhe oder die riesigen Schuhe von Alter Talg.

»Ayah! Die sind sehr praktisch!«, gab Fischschwanz zu. »Wenn ich mal ein Paddel verliere, habe ich immer noch einen Ersatz.« Er trank die Fischsuppe in großen Schlucken. Langsam fühlte er sich besser und

226

hatte Lust sich mit Deydey zu unterhalten. Sie planten das Zuckermachen für dieses Jahr. Das war eine Zeit, der alle mit freudiger Spannung entgegensahen, ähnlich wie der Reisernte, vielleicht sogar noch mehr. Denn wenn der Ahornsaft zu fließen begann, bedeutete das, dass wärmere Tage, die strahlende Sonne und die ganzen Schönheiten des Frühlings vor der Tür standen.

»Diese Süße am Ende des Winters!« Nokomis war aufgeregt wie ein junges Mädchen, und über ihre Begeisterung mussten alle schmunzeln. »Aber der Schöpfer erwartet von uns, dass wir bereit sind. Beim Reden solltet ihr Männer auch gleichzeitig arbeiten!« Sie selbst schliff eine Schaufel zum Siruprühren glatt, und Deydey hatte am Tag zuvor begonnen einen geschälten, glatten Lindenstamm als Trog auszuhöhlen. Jetzt bat Deydey Omakayas um ihren Gewehrlauf-Ausfleischer. Sie holte ihn schnell aus seiner Ecke. Omakayas war froh darüber, dass Deydeys Geschenk einmal für etwas anderes benutzt werden konnte als für das leidige Ausschaben von Häuten. Deydey nahm den Ausfleischer und wetzte das Ende auf dem Schleifstein, bis es ganz scharf war. Wie einen Meißel hielt er den Gewehrlauf dann in seinen starken Händen und schlug mit einem Holzhammer darauf. Auf diese Weise schlug er lange Holzstreifen aus dem

Innern des Stamms. Jeden Holzstreifen, der absplitterte, nahm Grapsch und warf ihn ins Feuer. Immer tiefer und glatter wurde der Trog. Fischschwanz rauchte währenddessen friedlich seine Pfeife und schaute in die züngelnden Flammen.

»Dich kriegen wir auch noch an die Arbeit!«, sagte Angeline und lächelte. Sie warf ihm einen Streifen gedörrtes Rehfleisch zu, auf dem er kauen konnte, wenn er seinen *Kinnikinnick* zu Ende geraucht hätte.

Die Zuckerstelle der Familie lag am anderen Ende der Insel. Wenn sie sich zum Zuckerwald aufmachten, reisten sie mit möglichst leichtem Gepäck. Sie benutzten das Gerüst vom Vorjahr für ihr großes Zuckerhaus. Daneben stand noch ein kleinerer Wigwam, in dem sie die Werkzeuge aufbewahrten. Normalerweise fand sich dort auch immer eine unterirdische Vorratskammer mit lauter guten Sachen, die sie im Herbst zuvor vergraben hatten und die dann vom Schnee bedeckt worden waren. Doch in diesem Jahr war Deydey bereits zum Ende der Insel gegangen und hatte die Vorräte geplündert. Um nicht verhungern zu müssen, hatten sie ihren Proviant schon im dürren Mond verzehrt.

Als sie ankamen, rollte Mama als Erstes die Schilfmatten für das Dach des Hauses aus, dann die Felle, dann holte sie die neuen Rührschaufeln und den Kochtopf heraus. Deydey schleppte einen großen Topf und noch mehr Holztröge und Rührlöffel aus dem kleinen Wigwam. Alles, was nicht an Ort und Stelle vorhanden war, und alles, was kaputtgegangen oder abgenutzt war, konnten sie selbst machen. Nokomis und Omakayas richteten das Essen an, das sie mitgebracht hatten: Päckchen mit getrockneten Fischstückchen, einen *Makuk* mit Fischpulver, Elchfleisch, ein bisschen *Manomin*, den sie gegen Rehfleisch eingetauscht hatten, Räucherfisch und eine Tasche mit getrockneten Kürbisblüten zum Andicken von Suppen.

»*Neshkey*«, sagte Nokomis, die sich darüber freute, dass sie so viel hatten. »Das gibt ein schönes Festessen.«

Als die Suppe auf dem Feuer stand, übergab Nokomis den Rührlöffel an Angeline. Sie rief Omakayas zu, sie solle mitkommen und ihr beim Schlagen der Keile helfen, mit denen sie die Ahornbäume anzapfen würden.

Die beiden gingen ein Stück, bis Nokomis einen guten Eisenbaum fand. Sie nahm ihr scharfes Beil und schlug sehr gekonnt in gleichmäßigen Winkeln in den Baum. Sie machte eine ganze Reihe solcher Einschnitte in den Baumstamm, dann schlug sie seitlich hinein und spaltete zehn vollkommene Keile des harten Eisenholzes ab. Sie schlug einen riesigen Sack voller Keile, den Omakayas zurück zu ihrem Lager schleppte.

Zwei Tage lang waren sie mit den Vorbereitungen beschäftigt. Sie wussten, dass der Saft jeden Moment anfangen würde zu fließen. Über diese Zeit vor dem Zapfen lag eine ganz eigene Stimmung, eine Stille, die nach dem ausklingenden Winter schmeckte. Alles, was in der kalten, verschneiten Zeit passiert war, die Geschichten und auch die Trauer, ließen sie hinter sich zurück. Omakayas öffnete sich dem warmen Wind. Vor ihnen lagen die Süße des Ahornsirups und die Wärme der Sonne.

Omakayas, Zwielicht und Kleine Biene schleppten schwere Steine vom Seeufer, mit denen sie die *Makuks* beschwerten, und dann schleppten sie Brennholz herbei. Omakayas' Arme wurden lahm und ihren Cousinen ging es nicht anders. Sie jammerten sich gegenseitig etwas vor, während sie nach Steinen in der richtigen Größe suchten oder eine Ladung Holz nach der anderen in den Armen trugen, um sie neben dem großen Topf abzuwerfen, in dem es brodelte und dampfte. Bis jetzt hatten sie noch keine einzige Kostprobe von dem Ahornsirup bekommen!

Es gab nur den kalten, süßen Saft. So war es immer vor dem ersten Probieren. Das Eindicken schien einfach kein Ende zu nehmen. Grapsch überwachte den Vorgang ganz genau. Er sprang auf einen Baumstumpf um zu beobachten, wie Großmutters Schaufel hochkam und dann wieder in den Topf hineintauchte. Immer noch nicht fertig. Immer noch nicht. Immer noch nicht ... Aber dann war es so weit!

Auf die Oberfläche eines großen, mit sauberem Schnee gefüllten *Makuk* ließ Großmutter einen feinen dunkelgoldenen Sirupfaden laufen. Grapsch konnte es kaum erwarten, bis er abgekühlt war – Gummizucker! Er langte zu, als der Sirup noch ein weicher Faden war, schwang ihn sich in den Mund und lief davon. Jetzt schrie er ausnahmsweise einmal nicht herum, aber auch nur, weil er den Mund voll hatte. Andeg ließ sich von der allgemeinen Aufregung anstecken. Er hüpfte von einem Fuß auf den anderen und wäre fast von Omakayas' Schulter gekippt. Angeline goss noch mehr Sirup aus und half dann Großmutter dabei, den Rest in einen Trog zu schütten. Andeg pickte ein bisschen an dem Sirup, doch das klebrige Gefühl am Schnabel schien ihm nicht zu gefallen. Mit einer komischen Bewegung schüttelte er den Kopf. Er tauchte mit dem Kopf in den Schnee und rieb den Schnabel hin und her,

konnte den Sirup, der jetzt fest wurde, aber nicht los-
werden. Da flatterte er zu einem niedrigen Zweig
und blickte wütend auf sie herab. Er fühlte sich her-
eingelegt. Er putzte sich das Gefieder und verteilte
das klebrige Zeug dabei auch in den Federn.

»*Minopogwud*«, sagte Omakayas und schleckte an einem dicken Sirupklumpen.

Sonst musste sie bei der ersten Kostprobe immer
lächeln. Diesmal nicht. Trauer überkam sie bei dem
süßen Geschmack. Sofort erinnerte sie sich an den
besonderen Tag, den sie mit Neewo am Ufer des Sees
verbracht hatte. An jenem Tag, einem Tag vor langer
Zeit im letzten Sommer, hatte sie ihn aus den festen
Schnüren seines *Tikinagun* befreit, hatte ihn herum-
tollen und spielen lassen. Als sie ihn zurücklegen
musste, hatte sie ihm die Gefangenschaft mit ihrem
letzten Stückchen Zucker versüßt.

»Kleine Meise, mein Bruder!«, rief sie Neewo im Flüs-
terton zu.

Sie schaute sich um. Grapsch rannte und sprang,
fuchtelte mit einem Stock herum und tat so, als
würde er Tauben jagen. Nokomis rührte den Sirup
mit einer weichen, wiegenden Bewegung ihrer Arme.
Mama kochte einen Eintopf und Deydey war mit
Fischschwanz unterwegs, um Feierlichkeiten zu planen, die sie während des Zuckermachens nicht weit

von ihrem Lager abhalten würden. Angeline sah Omakayas an und sagte: »*Neshemay*, lauf und hol noch mehr Holz!«

Sie, Omakayas, war die Einzige, die noch an Neewo dachte. Diese Gewissheit machte sie einsam. Wenn sie doch nur mit ihm reden könnte, in seine fröhlichen schräg stehenden Augen schauen, ihm ihre Gefühle anvertrauen könnte, über die er sich nie lustig machte, ihn in den Armen halten und mit ihm spielen könnte. Sie vermisste ihn so schrecklich, so sehr, dass ihr Herz geradewegs in ihren Magen zu plumpsen schien. Sie erstickte ihr Schluchzen und raste schnurstracks in den Wald.

Angeline war überrascht. Normalerweise war ihre Schwester nicht so begeistert, wenn es ans Holzholen ging.

»*Howah!*«, rief sie ihrer kleinen Schwester nach. »*Megwetch!*«

Omakayas wusste jedoch, dass sie erst einmal nicht zurückkommen würde. Angeline würde sich ihr Holz schon selbst holen müssen. Mit Wut im Bauch rannte sie weiter. Schwer atmend flog sie dahin, so schnell sie konnte, ließ alle hinter sich zurück und setzte sich schließlich an einer kleinen sonnigen Stelle auf den Waldboden. Hier durfte sie endlich schluchzen und schluchzen und nach Herzenslust weinen. Doch das Merkwürdige war, dass ihr, sobald sie sich hingesetzt hatte, nicht mehr zum Weinen zumute war. Sie hörte das Lied der Weißkehlammer, und die eingängige Melodie ihres Gesangs beruhigte sie. Sie lächelte. Neewos Geist tröstete sie. Ihre Lider wurden schwer, die Sonne wärmte sie, und sie war fast schon in einen Traum versunken, als etwas sie hochfahren ließ: ein Knacken von Stöcken und Zweigen, Schlurfen von Füßen, neugieriges Schnüffeln und – vor allem – der unverkennbare, durchdringende Geruch des Bären.

Sie waren bei ihr.

Still standen die beiden jungen Bären am Rande des Sonnenflecks und betrachteten Omakayas mit einem aufmerksamen, wissenden Blick. Andeg kam plötzlich zu ihr heruntergeflogen, als müsste er, die kleine Krähe, sie vor ihren Brüdern beschützen! Die beiden Bären erschraken ein wenig vor der ärgerlichen Drohgebärde des Vogels, doch dann zuckten sie die Achseln und beachteten ihn nicht weiter.

»Ist schon gut«, sagte Omakayas, und Andeg setzte sich auf ihre Schulter.

Die Bären fuhren fort, Omakayas mit ihren trüben Bärenaugen eingehend zu betrachten. Jedes Fitzelchen ihres Geruchs nahmen sie auf. Sie erinnerten sich genau, sie wussten Bescheid. Omakayas wünschte, sie hätte etwas dabei, was sie ihnen hätte geben können – sie war mit nichts als einer Hand voll Geistertabak in der Tasche weggelaufen. Die Bären sahen sie immer noch an, warteten und guckten. Schließlich fiel ihr nichts Besseres ein, was sie ihnen geben könnte, als einige menschliche Ratschläge. Sie beschloss, sie vor anderen Menschen und möglichen Gefahren zu warnen.

»Es gibt eine Frau«, sagte Omakayas sanft, »die heißt Alter Talg. Sie ist meine Tante, aber ihr müsst ihr aus dem Weg gehen.«

Die Ohren der jungen Bären zuckten leicht. Die beiden schienen genau zuzuhören. »Und seid auch auf der Hut«, fuhr Omakayas fort, »wenn ihr im Wald etwas besonders Leckeres zu fressen seht. Wenn es so hoch hängt, dass ihr nicht drankommt, könnte darunter eine Grube sein. Das ist eine Falle. Wenn ihr da reinfallt, müsst ihr sterben. Und dann gibt es noch Gewehre. Meine Brüder, wenn ihr Männer mit langen Stöcken über der Schulter seht, müsst ihr ganz schnell weglaufen. Geht ihnen aus dem Weg. Haltet euch von allen Menschen fern, sowohl von den Anishinabeg als auch von den Chimookomanug. Bleibt ganz tief im Wald. Versteckt euch, wenn ihr die Hunde von Alter Talg hört.«

Omakayas fasste in die Tasche und holte eine kleine Hand voll Tabak heraus. Als sie das tat, wusste sie, dass sie eine Bitte auf dem Herzen hatte, aber sie wusste noch nicht, was für eine. Worte, mit denen sie nicht gerechnet hatte, kamen aus ihrem Mund.

»Gebt ihr mir eure Medizin?«

Sie fragte mit unsicherer Stimme. Sie wusste gar nicht, was sie damit meinte. Sie schämte sich vor sich selbst. »Ich bin ein armseliges Wesen«, sagte sie, wie ihre Großmutter es manchmal tat, wenn sie betete. »Ich weiß nichts. Ich will eure Medizin kennen lernen. Ich will sein wie Nokomis. Ich brauche starke Medizin, um meine Familie zu retten.«

Tränen verschleierten Omakayas' Blick, und sie merkte kaum, dass die Bären kehrtmachten und leise davongingen. »Helft mir«, flüsterte sie zur Erde, »helft mir.«

Als sie ausgeredet hatte, hob sie den Kopf und sah sich um. Ihre Bärenbrüder waren verschwunden und sie fühlte sich besser. Sie machte sich an die Arbeit und sammelte eine riesige Menge Reisig, vertrocknete Zweige, die im Winter unter der Last von Schnee und Eis abgebrochen waren. Als sie die Zweige immer höher aufschichtete, sah sie an einem trockenen Birkenzweig den grauen Fuß eines Pilzes. Eine feine Stimme wisperte in ihrem Kopf, eine leise, murmelnde Stimme. Als sie den Zweig aufhob, wurde die Stimme lauter, aber sie konnte die einzelnen Wörter immer noch nicht verstehen. Sie legte den Zweig auf den Stapel, band den Stapel mit einem Lederriemen zusammen und trug ihn auf den Schultern zurück zum Lager.

Auf dem Rückweg hörte sie hin und wieder ein kleines Geräusch, ein, zwei Wörter, die von Schnee und Laub gedämpft wurden. Ein wenig beunruhigt erreichte sie das Zuckerlager. Was waren das für Stimmen? Was hatte dieses Gewisper zu bedeuten? Als sie in der Lichtung in Sicherheit war, spähte sie zurück in das Gewirr aus Zweigen und Unterholz. Leuchtende Schneeflecken erhellten die Erde, so weit ihr Auge reichte. Noch immer wogte das leise Wispern von Stimmen aus den Tiefen des Waldes.

»Warum hast du so lange gebraucht?«, fragte Angeline leicht verärgert. Sie hatte sich beim Sirupgießen einen Finger verbrannt. »Was ist mit dir los?«

Omakayas legte ihre Last ab und sagte zu ihrer Schwester, sie habe etwas Wichtiges zu tun.

»Ich auch!«, rief Angeline zurück.

Omakayas ging zu Nokomis. Nokomis bastelte aus Birkenrinde kleine Hörnchen für den Zucker. Sie hatte auch noch eine Schnur mit Entenschnäbeln,

die sie als besondere Leckerei mit hartem Ahornzucker füllte. Omakayas setzte sich neben sie.

»Nokomis«, sagte Omakayas mit zaghafter, beunru-
higter Stimme, »ich habe mit meinen Bärenbrüdern
gesprochen. Ich habe ihnen zugehört, wie du es mir
gesagt hast.«

Sofort legte Nokomis ihre Arbeit nieder, wischte sich
an ihrem Rock die Hände ab und setzte sich mit ihrer
Enkelin auf einen breiten umgestürzten Baumstamm. Sie strich Omakayas das Haar zu beiden Seiten glatt und schaute ihr fest ins Gesicht und in die
Augen.

»Warte.« Ernst und konzentriert füllte Nokomis ihre
rote Steinpfeife mit Tabak. Das war ein Zeichen
dafür, dass sie etwas Wichtiges zu hören bekommen
würde. Sie ließ sich mit dem Stopfen ihrer Pfeife viel
Zeit, und das war auch gut so, denn so hatte Omakayas Gelegenheit, sich genau zu überlegen, was sie
ihrer Großmutter erzählen würde. Als Nokomis die
Pfeife ansteckte, daran zog und der Tabak anfing zu
glimmen, erfüllte der süßliche Rauch die Luft um sie
herum und bildete einen kleinen heiligen Raum, in
dem sie saßen, ihre Gedanken nah beieinander.

»Ich habe mit ihnen gesprochen«, wiederholte Omakayas.

»Was hast du zu ihnen gesagt?«

»Ich hab ihnen gesagt, sie sollen sich vor den Menschen in Acht nehmen.«

»Das ist gut«, sagte Nokomis nachdenklich, »es sei denn, wir brauchen Fleisch. Was hast du noch gesagt?«

»Ich hab meine Bärenbrüder um Hilfe gebeten«, sagte Omakayas vorsichtig.

»Und was haben sie gemacht?«

»Das weiß ich nicht.«

»Wie meinst du das?« Ein Rauchkringel tanzte um Nokomis' Gesicht.

»Ich hab sie um Medizin gebeten«, sagte Omakayas, »und als ich aufgeschaut habe, waren sie weg. Aber als ich hierher zurückkam, habe ich Stimmen gehört.« Omakayas schaute ihre Großmutter schnell an, um zu sehen, ob sie verstand, und als sie nickte, sprach Omakayas weiter. »Es waren merkwürdige Stimmen, ganz unterschiedliche.«

»Kamen sie aus dem Wald?«

»Ja.«

»Hast du verstanden, was sie gesagt haben?«

»Nein.«

»So war es bei mir auch«, sagte Nokomis erfreut, »am Anfang hab ich sie auch nicht verstanden.«

Omakayas sah ihre Großmutter an, und dann erinnerte sie sich daran, dass sie sie einmal gefragt hatte, ob die Heilpflanzen jemals zu ihr gesprochen hätten. Nokomis nahm die Pfeife aus dem Mund und sah Omakayas aufmerksam und voller Anerkennung an. Ihre Augen sandten eine stumme Botschaft der Liebe aus. Nokomis begriff die Bedeutung dessen, was passiert war, sie begriff, weshalb die Stimmen gesprochen hatten und was das für Omakayas' Zukunft bedeuten würde. Sie war stolz und glücklich, dass ihre Enkelin zur Heilerin ausersehen war.

»Selbst heutzutage weiß ich nicht immer, was sie mir sagen. Aber ich bin ja auch alt und verliere allmählich an Kraft«, sagte Nokomis. »Du bist jung und stark, Omakayas, und je mehr ich dir über meine Heilmittel beibringe, desto besser wirst du sie verstehen.«

»Sprechen sie jeden Tag zu dir?«

»O nein, aber oft genug.«

»Warum haben sie wohl alle auf einmal geredet?«, fragte sich Omakayas.

Nokomis dachte eine Weile nach. »Ich glaube, sie reden die ganze Zeit miteinander«, sagte sie, »aber in unserm Inneren ist es nicht immer friedlich genug um sie zu hören.«

Nokomis erzählte Omakayas, dass Bären nach Medizin graben. Sie sind ein anderes Volk als wir. Sie kennen kein Feuer, aber sie können lachen. Sie halten ihre Babys in den Armen. Sie essen dieselben Sachen wie wir und behandeln sich mit verschiedenen Pflanzen. Sie sind als Heiler bekannt. Die Angehörigen des Bärenclans verstehen sich oft gut darauf, andere zu heilen. All das erzählte Nokomis, während sie den Sirup rührte und ihn einkochen ließ, immer wieder nach dem Feuer sah und weitere *Makuks* und Hörnchen aus Birkenrinde fertigte, in die sie den Zucker für dieses Jahr füllen würden.

Es sollte ein gutes Zuckerjahr werden. Während der kalten Nächte rann der Saft in die Wurzeln hinab und stieg dann im Laufe des Tages, wenn die Sonne die Baumstämme erwärmte, kraftvoll hinauf. Der Winter hatte ohne Weiß begonnen, die Bäume waren hartem Frost ausgesetzt gewesen, und dann erst war hoher Schnee gefallen. Solche Jahre waren die besten Ahornsaftjahre. Und es hatte auch noch keine Gewitter gegeben, die den Geschmack des Safts verdorben hätten. Die Gebete für gutes Wetter waren erhört worden.

Omakayas' Familie hatte ihre Zuckerstelle in der Nähe von Tante Bisams Familie, und die Cousinen strömten mit erwartungsvollen Gesichtern, wie eine Welle aus fliegenden Armen und Beinen, in ihr Lager. Sie freuten sich auf die vielen Spiele, die sie in den Bäumen und im Gebüsch spielen würden. Darüber vergaß Omakayas die Bären, und sie wurde zu einer Cousine in einer Schar von Cousinen. Sie durchstreiften die Lager, stibitzten Zuckerstückchen und hatten immer etwas zu lachen. Die Cousinen und ihre Freundinnen Zwielicht und Kleine Biene spielten so ausgelassen miteinander, dass sie ein einziges Mädchenknäuel waren. Jeden Abend ging Omakayas mit einem leisen Gefühl der Erwartung ins Bett. Und trotzdem dachte sie noch immer an Neewo. Diese Trauer konnten ihr selbst die Cousinen nicht nehmen.

Jeder Tag begann mit Arbeit, aber weil es abends jetzt schon länger hell blieb, spielten die Kinder noch lange draußen, saßen die Tanten und auch die Männer noch lange zusammen und plauderten, und die Großmütter schwelgten noch bis zu später Stunde in Erinnerungen an ihre eigene Kindheit, als sie es waren, die die Zuckerlager durchstreift hatten.

Immer waren in nicht allzu weiter Ferne die heiligen Trommeln zu hören. Der Trommelschlag rief die Menschen zu einem verantwortungsvollen Leben auf, zu Hilfsbereitschaft, Liebe und tiefem Respekt vor allem Lebendigen. Deydey begleitete Fischschwanz' Trommel manchmal mit Gesang. Oft gab es eine Heilzeremonie, eine Versammlung, auf der es um die

Krankheiten des Winters ging. Die Alten sprachen mit den Jungen und lehrten sie, wie man in dieser Welt als *Anishinabe* lebt. Auch Nokomis war unter den Lehrenden, doch irgendjemand musste sich ja um das Feuer im Zuckerhaus kümmern. Deshalb blieb sie an vielen Tagen dort, anstatt die Zeremonien zu besuchen. Mama kam und ging, ebenso Angeline, und manchmal nahmen sie Omakayas mit zu der großen Hütte mit dem ewig brennenden heiligen Feuer.

Jedes Mal, wenn Omakayas diese Hütte betrat, umkreiste sie das Feuer in der Richtung, in der die Sonne ihren Lauf nimmt. Anschließend setzte sie sich in der stillen Hütte hin, lauschte dem Knistern der aromatisierten Flammen und wartete auf den Trommelschlag. Auch Grapsch kam herein, aber er konnte einfach nicht still sitzen, nicht einen Augenblick. Er rannte in die Hütte und wieder hinaus, schnappte sich bei jeder Gelegenheit etwas zu essen und schlief auf den Decken ein, die Deydey in der Ecke neben Fischschwanz' und Tagdonners Trommel ausgebreitet hatte. Wenn er wieder wach wurde, sprang er auf und flitzte aus der Hütte. Tag und Nacht war er in Bewegung. Von allen Jungen in den Zuckerlagern war Grapsch der schnellste und der frechste.

Eines Tages, während Omakayas Deydey half und

die anderen in der großen Hütte waren, bastelte sich Grapsch einen kleinen Bogen, den er mit einem Stück Nähsehne spannte, und dazu ein paar Pfeile aus angespitzten Pflanzenstielen. Er spähte in den Wald und träumte von der großen Beute – wenn doch ein Reh in seiner Größe vorbeikommen würde oder vielleicht ein Elch! Oder wenn er wenigstens einen Fisch fangen würde. Einen Fisch könnte er mit so einem Pfeil bestimmt aufspießen. Grapsch ging am Ufer des Sees hin und her und wagte sich auf dem Felsufer so weit vor wie möglich. Bevor das Eis anfing, war da ein schmaler Wasserstreifen, und die Fische hatten Hunger. Grapsch feuerte viele Pfeile ab, doch keiner traf. Immer wieder musste er ein Stück in das eiskalte Wasser waten, um seine Pfeile wieder herauszufischen, deshalb machte er sich schließlich zurück auf den Weg zum Lager. Unterwegs nahm er sich fest vor, zu jagen und etwas zu schießen, um bei seiner Familie Eindruck zu machen, vor allem bei seinen Schwestern, die ihn nur nervtötend fanden und so lästig wie eine Fliege.

Auf halber Strecke wäre Grapsch fast über den Kadaver eines Rehs gestolpert. Es war noch nicht lange tot und lag kalt und reglos mitten auf seinem Weg.

»*Howah!*«, schrie Grapsch wild begeistert. Sofort kam ihm eine Idee. Er zog seine Pfeile aus dem selbst gebastelten Köcher, und mit einigen Schwierigkeiten schaffte er es, sie in den Körper des Tieres zu bohren, einen am Herzen und einen an der Kehle. Dann stieß er vier laute, wilde Schreie aus. Er hatte seine erste Beute gemacht! Jetzt würden sie ihm zu Ehren ein Festmahl bereiten!

»Ich hab meine erste Beute gemacht!«, schrie er, als er zurück zum Lager kam.

Alle drehten sich um und sahen ihn an. In seiner Selbstherrlichkeit machte er einen so übermütigen Satz nach vorn, dass er genau gegen Deydey stieß, der gerade kochend heißen Sirup aus dem Topf in einen Trog schüttete.

Grapsch schrie laut auf, als ihm der Sirup über die Füße lief. Zwar hatte er Mokassins an, doch ein großer Teil des Safts floss oben in den Schuh hinein und verbrannte den armen Grapsch – schlimm, viel schlimmer als Angelines Finger. Und Grapsch war niemand, der still vor sich hinlitt; er schrie so laut, dass Omakayas dachte, das ganze Lager müsste herbeigelaufen kommen um zu sehen, was los war. Doch die Trommeln waren noch lauter, sodass sie sogar Grapschs Schmerzensschreie dämpften.

Vorsichtig zog Deydey seinem Sohn die Mokassins aus. Die Verbrennungen waren tief, die Haut schlug schon gefährliche Blasen. Grapsch musste sofort behandelt werden. Den größten Teil von Nokomis' Medizin hatten sie aber zu Hause gelassen. Deydey machte sich sofort auf den Weg um Nokomis zu holen, und ließ Omakayas mit Grapsch allein, der erbärmlich heulte. Omakayas versuchte seine Schreie auszublenden, damit sie in Ruhe darüber nachdenken konnte, was zu tun sei. Nokomis hatte ihren kleinen Beutel, den Beutel für Notfälle, im Zuckerhaus. In diesem Beutel waren Heilmittel gegen die häufigsten Krankheiten und Verletzungen, darunter auch Verbrennungen. Omakayas holte den Beutel und setzte sich neben Grapsch, um seinen Fuß zu untersuchen.

»Nicht heulen«, redete sie ihm freundlich zu, »damit treibst du nur das ganze Blut an die Hautoberfläche und machst es noch schlimmer.«

Ob das nun stimmte oder nicht, jedenfalls schien es Grapsch so weit einzuschüchtern, dass er versuchte sich etwas zu beherrschen. Zum ersten Mal sah er seine große Schwester vertrauensvoll an.

»Hilf mir«, wimmerte er, »es tut so weh.«

Mehr brauchte sie nicht zu hören.

»Ich sorge dafür, dass es besser wird«, sagte Omakayas, und als sie das einmal gesagt hatte, wollte sie es auch in die Tat umsetzen.

Omakayas untersuchte ihn behutsam. Sie hatte Nokomis schon dabei zugesehen, wie sie Brandwunden behandelte. Omakayas betrachtete die Blätter und getrockneten Blüten in Nokomis' Päckchen aus Birkenrinde und schnupperte daran. Monarde. Omakayas packte das Kraut aus und versuchte sich zu erinnern, was als Nächstes zu tun war. Grapsch wimmerte und stöhnte. Omakayas nahm den Stein aus dem Beutel, mit dem Nokomis ihre Medizin zubereitete. In der Mitte des Steins war eine Mulde, und in diese natürliche kleine Schale legte Omakayas die Blätter, die sommerlich würzig, frisch und kräftig rochen. Mit dem anderen länglichen Stein, den Nokomis oft benutzte, zerstampfte Omakayas die Blätter zu einer Paste. Sie nahm ein Stückchen gelben Rehtalg aus einer Tasche und fügte ihn hinzu. Dann zwang sie Grapsch stillzuhalten und verteilte die Masse auf seinen Wunden. Sie lehnte ihn an einen Baum, brachte ihm viel Ahornwasser und strich ihm sanft und beruhigend über die Stirn. Und zu ihrer großen Überraschung hörte er tatsächlich auf zu heulen. Voller Vertrauen blickte er zu seiner großen Schwester auf.

Als Deydey mit Nokomis und den anderen zurückkam, war Grapsch ruhig und sah schon wieder ganz munter aus. Seine Augen leuchteten wie Andegs – als ob er schon wieder den nächsten Streich ausheckte. Nokomis beugte sich über die Füße ihres Enkels und nahm Omakayas' Werk in Augenschein.

»Na so was! Das hätte ich nicht besser machen können«, sagte sie erfreut. Stolz sah Nokomis ihre Enkelin an. »Mein Mädchen, du hast starke Heilkräfte.«

»Und jetzt«, sagte Deydey freundlich und strich seinem Sohn über das Stoppelhaar, »sag mal, was du da gerufen hast, bevor dir der Sirup über die Füße gelaufen ist. Was war das mit deiner ersten Beute?«

Grapsch schaute seinen Vater an. Er machte den Mund auf. Er wollte von dem Reh erzählen, doch aus irgendeinem Grund kam ihm die Lüge nicht mehr über die Lippen. Er wunderte sich über sich selbst.

»Ich hab mich geirrt«, murmelte er schließlich und sah seine Schwester an. »*Megwetch*«, sagte er und schämte sich im selben Moment dafür, dass er ihr vor allen anderen dankte. Aber der Schmerz war so schrecklich gewesen und hatte dann so erstaunlich schnell nachgelassen! Wie hatte sie das bloß angestellt?

Es war das erste Mal, dass Omakayas jemandem mit ihrer Medizin geholfen hatte. Im Laufe der Jahre würde sie noch oft voller Stolz an diesen Moment zurückdenken, denn ihre Behandlung hatte gewirkt. Es dauerte nicht lange und die Wunden an Grapschs Füßen waren verheilt. Der Schmerz war bald vorüber und er behielt auch keine runzligen Narben zurück. Es war ein wunderbares Gefühl, einen anderen Menschen zu heilen, selbst wenn dieser Mensch Grapsch war.

DREIZEHNTES KAPITEL

EIN HORNS SCHUTZ

Dieses Jahr war ein so gutes Zuckerjahr«, sagte Deydey, »dass wir den größten Teil der Rechnung beim Händler begleichen können.«

»Ich will mit, ich will mit«, schrie Grapsch. Deydey belud sein großes Tragegestell mit verschnürten *Makuks* voller Zucker. Sie hatten viel, viel mehr, als sie in einem Jahr verbrauchen würden. Auch Alter Talg bekam ihre Ration, und Nokomis sagte, sie könne sich nicht erinnern, dass es je so viel Zucker gegeben habe wie dieses Jahr.

Beim Händler beglich Deydey die Schuld vom Winter und kaufte für Mama feinen blauen Stoff, aus dem sie sich ein Kleid nähen konnte. Für Grapsch kaufte er Kattunband für ein Paar Mokassins und für Angeline ein Stück Samt, mit dem sie machen konnte, was sie wollte. Nokomis bekam Nähnadeln und eine Tasse aus glänzendem Kupfer. Für Omakayas kaufte er ein kleines Kreuz, das aus deutschem Handelssilber gestanzt war. Noch am selben Abend, als er ihr das Kreuz gab, nähte sie es vorne auf ihr Kleid. Andeg war davon so fasziniert, dass er ständig versuchte, das Kreuz von ihrem Kleid zu zupfen – immer wieder landete er auf ihrer Schulter und hängte sich fast kopfüber, um mit dem Schnabel daran zu picken.

Jeden Morgen begrüßte Andeg Omakayas mit flatternden Flügeln. Dann beugte er den Kopf, um sich ein bisschen kraulen zu lassen, und stieß dabei ein gurrendes Glucksen aus. Es waren Laute, die Omakayas bei einer Krähe noch nie gehört hatte, und sie wusste, dass sie Zeichen besonderer Zuneigung waren. Ganz sicher war sie sich, als Andeg eines Tages mit einem Zweig im Schnabel auf sie zugehüpft kam. Sie nahm ihn behutsam entgegen, dankte dem Vogel und legte den Zweig beiseite. Den ganzen Tag kam Andeg immer wieder angeflattert und überreichte ihr hoffnungsvoll einen Zweig oder ein Stückchen Rinde. Schließlich kraulte Omakayas ihm den Nacken und setzte sich, um mit ihm zu reden und ihm etwas zu fressen zu geben. Mit geschlossenen Augen hörte er zu, den Kopf in stummem Glück ins Gefieder gesteckt.

»Du möchtest ein Nest mit mir bauen, stimmt's?«, sagte Omakayas. »Aber das geht nicht. Ich liebe dich, aber ich bin kein Vogel.« Sie war selbst überrascht, dass ihr, als sie das sagte, Tränen in die Augen stiegen. Andeg liebte sie so sehr!

»Du musst dir eine andere Krähe suchen«, sagte sie sehr zärtlich. Andeg schien sie nicht zu hören. Doch von nun an blieb er jeden Tag einige Stunden weg. Jetzt hatte Omakayas Angst, dass ihn jemand für einen wilden Vogel halten und ihn abschießen würde. Sie band ihm einen roten Wollfaden um einen Fuß, doch mit seinem geschickten Schnabel gelang es ihm, sich gleich wieder davon zu befreien. Wenn er wollte, konnte er so gut wie jeden Knoten lösen.

Eines Tages war Omakayas gerade draußen vor der Hütte und beaufsichtigte ein Feuer, über dem Nokomis etwas von dem Fisch räuchern wollte, den Deydey zu Beginn der Tauzeit gefangen hatte. Da hörte sie plötzlich ein raues Krächzen in der Luft. Ein Schwarm aufgeregt kreisender Krähen zog über ihren Kopf hinweg. Einfach so und ohne Abschied sprang Andeg von ihrer Schulter. Pfeilschnell schoss er nach oben, mitten in den Schwarm hinein. Von einem

Augenblick auf den anderen war er von den übrigen Vögeln nicht mehr zu unterscheiden.

Omakayas' Herz zog sich schmerzlich zusammen, als die Vögel davonflogen. Er war weg. Vielleicht hätte sie ihm die Flugfedern stutzen sollen, doch sie hätte es nicht ertragen, ihn zu einem Gefangenen zu machen. Nein, entschied sie, obwohl ihr schwer ums Herz war, es war besser, dass er sich seinen Artgenossen angeschlossen hatte. Er war kein Mensch, und wenn er noch so oft »*Gaygo, Grapsch*« krächzte oder sie mit einem »*Ahneen, Ahneen!*« an der Tür begrüßte. Andeg stibitzte leuchtende Stofffetzen und glitzernde Metallscherben, die er hortete – er war kein Mensch, er war eine Krähe, und das konnte sie nicht ändern.

Sie konnte es ebenso wenig ändern wie die Tatsache, dass sie Omakayas war, zu der die Pflanzen sprachen und die Schwindelanfälle bekam. Omakayas, die mit Bärenjungen redete und ihre Medizin erhielt. Omakayas, die den einen Bruder vermisste und sich über den anderen ärgerte, die neidisch auf ihre Schwester war. Omakayas, der Kleine Frosch, dessen erster Schritt ein Hüpfer gewesen war. Omakayas, die ihren Freund verloren hatte.

Sie hatte geglaubt, sie hätte all ihre Tränen geweint, aber für Andeg waren doch noch ein paar übrig.

Omakayas schlug die Hände vors Gesicht und schluchzte, bis es ihr etwas besser ging. Schließlich, dachte sie, hatte sie immer gewusst, dass Andeg ein wildes Tier war, sie hatte immer damit gerechnet, dass es eines Tages so kommen würde. Dieser Gedanke tröstete sie. Als sie so im Garten saß und in die Flammen schaute, wurde sie sich plötzlich einer Tatsache seltsam bewusst. Genau wie Andeg konnte sie nichts dagegen tun, dass sie die war, die sie war. Omakayas: in dieser Haut, an diesem Ort, in dieser Zeit. Niemand anders. Was auch geschehen mochte, sie würde niemals jemand anders sein oder die Gedanken irgendeines anderen Menschen wirklich kennen. Sie schloss die Augen. Für einen Augenblick fühlte es sich so an, als fiele sie aus großer Höhe in die Tiefe, als stürzte sie haltlos in ein schwarzes Loch. In einem Anflug von Angst öffnete sie die Augen und spürte, wie sie sanft genau dort aufkam, wo sie war, hier, in ihrem eigenen Körper.

VIERZEHNTES KAPITEL

DER KREIS
SCHLIESST SICH

Wieder baute die Familie das Haus aus Birkenrinde. Sie zogen in den Wald und schleppten Töpfe und andere Utensilien zu dem Fischlager, in dem sie leben würden. Während sie die Matten zusammennähte und die Weidenpfosten wieder aufstellte, wurde Omakayas häufig von dem Gefühl beschlichen, dass etwas fehlte. Sie dachte, sie habe etwas oder jemanden vergessen, und dann fiel es ihr wieder ein. Neewo und Zehn Schnee hatten riesige Löcher in ihr Leben gerissen und Andeg ein kleines pechschwarzes Loch voll heiserem Gelächter. Obwohl der Frühling sie mit der Kraft seiner gleichmäßigen neuen Triebe rief, obwohl die zarten neuen Knospen, die sich magisch öffneten, ihr Herz berührten, würde ihr Lachen für immer von einem Schatten begleitet sein, würde in ihrem Lächeln ein Winkel von Traurigkeit liegen.

Den ganzen Tag arbeiteten Omakayas und ihre Großmutter hart daran, den Weidenrahmen vom letzten Jahr an den Schnittstellen neu zu verknoten. Nokomis schnitt neue Rinde und machte daraus kunstvolle Überhänge und Klappen, damit der Regen abfließen konnte. Als das Haus fertig war und er ganz sicher sein konnte, dass er nicht mehr mithelfen musste, kam Albert LaPautre vorbei. Sein runder Bauch war im Lauf des Hungerwinters ein kleines bisschen flacher geworden, doch er war alles andere als dünn. LaPautre war aufgeregt. Wie so oft hatte er eine Vision gehabt, nur schien er diesmal zu glauben, dass es eine ganz, ganz besondere sei. Die Sache war so erstaunlich, dass er sich nicht beherrschen konnte und am Feuer, in Gegenwart aller, damit herausplatzte.

»Ich habe einen neuen hilfreichen Geist«, verkündete er viel sagend.

»*Owah!*«, rief Vater übertrieben erstaunt, lehnte sich zurück und stopfte seine Pfeife. Fischschwanz lächelte gutmütig und ermunterte LaPautre mit einer Geste weiterzuerzählen.

Albert atmete tief aus, erhob die Stimme und begann in gewichtigem Ton seine Geschichte zu erzählen.

»Ich muss euch gestehen, dass es passiert ist, weil ich etwas Böses im Sinn hatte!«

»Ach wirklich?«, sagte Nokomis belustigt. »Und das bei einem so tugendhaften Mann ...«

»Ja, ich weiß.« LaPautre wedelte bescheiden mit den Händen, als wollte er das Lob abwehren.

Alle warteten darauf, dass LaPautre weitererzählte. Jetzt, wo er ihre Neugier geweckt hatte, atmete er absichtlich lang und konzentriert durch, um die Spannung hinauszuzögern.

»Ich hatte mir überlegt, eine von Alter Talgs Fallen zu nehmen, na ja, eigentlich zu stehlen«, sagte LaPautre. Er hob beschwichtigend die Hände, als Mama empört schnaubte. »Warte!«, sagte er zu Mama. »Lass mich erst mal ausreden!«

Sie sah ihn wütend an, tat ihm jedoch den Gefallen und schwieg.

»Sie ist mir eine gute Falle schuldig!«, verteidigte sich LaPautre. »Ich hab ihr mal zwei Felle gegeben!«

»Zwei läppische Bisamfelle«, murmelte Nokomis, doch sie zwang sich, nichts weiter zu sagen.

»Also ging ich, als sie nicht da war, zu ihrem Haus«, fuhr LaPautre fort, »um mir eine Falle aus ihrem Schuppen zu holen. Und da ist es passiert.«

»Was?«, fragte Grapsch atemlos.

»Bitte sei still, wenn ich meine Geschichte erzähle«,

ermahnte LaPautre ihn. »Ich weiß, dass es eine starke Geschichte ist, aber du musst meine Verwandtschaft mit den Gefiederten respektieren und genau zuhören.«

»Na, dann erzähl weiter, wir sind ganz Ohr«, sagte Deydey, der sich alle Mühe gab, ein Lachen in seiner Stimme zu unterdrücken.

»Also.« LaPautre atmete ein letztes Mal aus und richtete sich feierlich auf. Zwar trat jedes Mal, wenn er die Schultern hochzog, sein kugeliger Bauch in einer komischen Rundung hervor, doch das störte ihn nicht weiter. »Ich ging in den Schuppen, ich streckte die Hand aus, ich suchte mir eine Falle aus …«

»Nur weiter«, sagte Nokomis voller Wut über das, was ihrer Freundin Alter Talg da angetan werden sollte.

»Jedenfalls«, sagte LaPautre, »wollte ich gerade nach der Falle greifen, als ich eine Stimme hörte.«

Eigentlich wollte jetzt niemand mehr LaPautre zum Weitererzählen ermutigen, doch schließlich konnte Angeline ihre Neugier nicht mehr zügeln.

»Was hat sie gesagt?«

»Sie hat gesagt« – La Pautre beugte sich vor und betrachtete sie mit eindringlichem, leicht schielendem Blick – »*Gaygo*‹. Mit anderen Worten, die Stimme hat gesagt, ich sollte sein lassen, was ich da gerade tat. Ich sah mich um. Und da, meine Freunde, saß eine

Krähe. Ihre Augen waren schwarz und glänzend wie die Steine am See. Meine Freunde, sie hat zu mir gesprochen. ›Ahneen‹, hat sie gesagt. ›Ahneen‹, habe ich geantwortet. ›Gaygo‹, hat sie mich noch einmal gewarnt. Und dann ist sie weggeflogen.«

LaPautre lehnte sich zurück und verschränkte die Arme vor der Brust. Er wartete auf eine Reaktion der Verblüffung, der geflüsterten Bewunderung. Er wartete auf Deydeys Nicken, auf Mamas und Nokomis' tiefes Erstaunen. Stattdessen brach nach einem Augenblick freudiger Überraschung das versammelte Publikum in johlendes Gelächter aus. Deydey wurde von Heiterkeit geradezu übermannt, und jedes Mal, wenn er die Sache LaPautre erklären wollte, erlag er einer neuen Lachsalve. Nokomis und Mama klammerten sich aneinander fest und lachten so sehr, dass ihnen Tränen über die Wangen liefen. Angeline hatte sich abgewandt und schlug mit den Händen auf den Boden. Grapsch hüpfte kreischend auf und ab. Omakayas lachte nicht nur wegen dieses komischen Zufalls, sondern noch aus einem anderen Grund: Andeg war in der Nähe, er hatte überlebt. Vielleicht würde er eines Tages zurückkommen!

Langsam nahm LaPautre seine Sachen und wandte sich befremdet zu der lachenden Familie. Mit einer fragenden Geste streckte er die Hände aus, doch als

Deydey glucksend versuchte eine Erklärung zu geben, die von einem neuen Lachanfall erstickt wurde, fuhr LaPautre mit einer Hand durch die Luft und kratzte sich am Kopf. Mit so einer Reaktion hatte er nun wirklich nicht gerechnet! Als er wegging, fragte er sich, ob die ganze Familie irgendeine seltsame Medizin geschluckt hätte, ob sie vielleicht alle den Verstand verloren hätten. Er rieb sich das Kinn. Na ja, er würde eine Nacht darüber schlafen. Vielleicht würde sein Schutzvogel, die Krähe, zurückkommen und noch einmal zu ihm sprechen. Vielleicht würde er eine weitere Vision haben und irgendwie eine Antwort erhalten.

Wieder war es Zeit zu säen; Gelber Kessel hackte die feste Erde im Garten, in der noch der Winter steckte. Erdklumpen zerbröckeln und mit Wurzeln kämpfen, Steine einsammeln und Furchen zum Säen ziehen: Alle arbeiteten mit – alle außer Grapsch. Der tat nur so, als würde er helfen. Er trat gegen kleine Unkrautbüschel und klopfte mit den Händen Kreise in die Erde. Er warf mit Matschbällen, bis Gelber Kessel ihm ihre Hacke zum Arbeiten gab und sagte, wenn er diese Arbeit auch nur ein einziges Mal unterbräche, werde sie ihm all sein Kriegsspielzeug wegnehmen. Schmollend ließ er die Unterlippe hängen. Als er in die Erde hackte, wünschte er, er wäre schon groß und müsste sich um solche Sachen nicht kümmern. Doch zu seiner eigenen Überraschung holte er hin und wieder sogar *Makuks* mit Wasser und goss Omakayas' Saatreihen. Einmal dankte seine Schwester ihm dafür, und davon bekam er ein solch warmes, zittriges Gefühl im Bauch, dass er rennen und grundlos schreien musste, lauter denn je.

Die Kürbissamen hatten ein kleines silbriges Muster, wie französische Münzen, und Nokomis segnete sie liebevoll, als sie sie in die weiche neue Erde setzte. Die Maissamen lagen prall und gelb in Omakayas' Händen. Angeline hatte von Fischschwanz einige rot gesprenkelte Körner erworben, und die setzte Mama mit einem besonderen Segen in die Erde. Sie war gespannt darauf, was ihre Pflanzen erbringen würden. Der Boden speicherte die Sonne und verbreitete Wärme unter ihren Füßen. Während Omakayas Hügel um Hügel abschritt und ihr Saatgut in die Erde brachte, spürte sie die stille Süße der Erde, und Tränen brannten ihr in den Augen. Wo war Neewo? Sie vermisste ihn so. Als sie mit dem Säen fertig waren, kam wie gerufen der Regen. In einer Art Nebel sprenkelte er herab. Der Schauer vertiefte die Stille des Waldes, tröpfelte durch die jungen Blätter und benetzte die Samen, die geschützt in der Erde lagen.

Gerade als sie das Feld verließen, tauchte plötzlich Andeg auf. Er wirbelte durch die Luft und stürzte mit seinem vertrauten »Kraaa, kraaa« auf die Familie herab. Er flog dicht an ihnen vorbei, doch er landete nicht, wie sonst, auf Omakayas' Schulter.

»Komm, komm, *ombay*!«, rief Omakayas außer sich vor Freude.

Grapsch, der sonst nie still stand und sich nie beherrschte, benahm sich diesmal anders. Reglos stand er da und wartete gleich neben seiner Schwester. Er schien etwas zu spüren, was Omakayas in der Sehnsucht, ihren Vogel bei sich zu haben, nicht erfasste. Andeg war halb verwildert und hatte Angst vor Menschen bekommen. Mit ihrem Winken und ihren aufgeregten Rufen verschreckte Omakayas ihn. Grapsch hingegen begriff, dass ihr alter Freund ihnen um so eher trauen würde, je ruhiger sie sich verhielten. Und tatsächlich, Andeg landete. Mitten auf Grapschs Kopf. Grapsch verdrehte die Augen nach oben. Er versuchte Andeg zu sehen. Der Vogel hüpfte auf und ab und begrüßte sie. »Kraakakraakakraak!« Omakayas war verletzt, doch sofort, und diese Geste sollte das Verhältnis zwischen ihr und ihrem kleinen Bruder für immer verändern, rückte Grapsch behutsam an seine Schwester heran, und mit einem kurzen Hüpfer landete Andeg auf Omakayas' Schulter.

Früher hätte Grapsch sie aufgezogen und sich damit gebrüstet, dass ihr Vogel ihn vorgezogen hatte. Etwas hatte sich verändert.

»*Megwetch*, kleiner Bruder«, sagte Omakayas zu ihrer eigenen Überraschung.

Als hätte er sie nicht gehört, rannte Grapsch sofort davon und schrie aus vollem Halse. Omakayas stiegen Tränen in die Augen, denn sobald Andeg auf ihrer Schulter saß, hatte er wieder Vertrauen zu ihr. Er pickte an ihrem silbernen Kreuz, hüpfte auf ihren Kopf und schaute sie mit seinem altbekannten neugierigen, klugen Vogelblick an. Als sie vom Feld gingen, saß er auf ihrer Schulter. Zärtlich nahm er eine Haarsträhne in den Schnabel, die sich aus ihrem Zopf gelöst hatte, und steckte sie ihr hinters Ohr.

Bald darauf kam Alter Talg zu Besuch. Sie hatte Rehknochen für Großmutter mitgebracht. Eine Weile saßen die beiden Frauen draußen am Feuer beisammen. Es war frisch, und das Feuer, das mit trockenem Holz bestückt wurde, brannte hoch. Nokomis briet die Rehknochen, brach sie entzwei und holte mit einem speziell geschnitzten langen Löffel das heiße nahrhafte Mark heraus. Nach einer Weile machte sich Nokomis auf die Suche nach Grapsch, und Alter Talg rief Omakayas zu, sie solle sich zu ihr ans Feuer setzen.

»Trink ein bisschen Tee«, sagte sie. »Ich hab ihn gerade aufgebrüht.«

Misstrauisch schüttelte Omakayas den Kopf. Alter Talg wirkte zu ernst und zu freundlich. Seit wann kochte Alter Talg Tee? Seit wann benahm sie sich so, als hätte sie etwas Wichtiges mitzuteilen? Omakayas versuchte sich wieder ins Haus zu stehlen. Doch die hartnäckige Frau nahm Omakayas' Hand und legte ihre Finger um den Henkel der Tasse. Irgendetwas bezweckte sie mit diesem Besuch, das war eindeutig, doch Omakayas beschloss, dass sie davon nichts wissen wollte, was immer es sein mochte. Seit sie erlebt hatte, wie Alter Talg mit dem gelben Hund kurzen Prozess gemacht hatte, nahm sie sich vor der grimmigen Frau in Acht. Jetzt wartete Omakayas misstrauisch ab. Sie spürte, wie etwas in ihrem Innern aufloderte. Sie konnte es nicht leiden, wenn man sie herumkommandierte.

Widerstrebend nahm Omakayas die Tasse und trank einen Schluck.

»Gut so. Während du das trinkst«, sagte Alter Talg, und ihre starken, sehnigen Arme lagen auf ihren Knien, ihre großen Füße lugten wie üblich aus den Mokassins hervor, ihr Hut war tief ins Gesicht gezogen und ihre wilden Augen blitzten, »werde ich dir die Geschichte von Omakayas erzählen. Vielleicht hilft dir das, über den Verlust deines kleinen Bruders hinwegzukommen.«

Omakayas setzte die Tasse ab. Als Alter Talg ihr mit harscher Geste befahl, sie wieder zu nehmen, gehorchte sie.

»Ja, gut! Ich trinke ja schon! Wovon redest du?« Omakayas runzelte die Stirn. Was sollte das werden, ein Plan, wie sie Neewo vergessen könnte? Daran hatte sie überhaupt kein Interesse. Sie war immer noch traurig und ihrem winzigen Bruder verbunden. Was wusste Alter Talg schon? Bitter sagte sie: »Ich kenne die Geschichte von Omakayas. Die Geschichte spielt im Winter. Omakayas hat eine wunderschöne Freundin und einen kleinen Lieblingsbruder. Beide sterben. Sie bleibt zurück und muss sie betrauern.«

»Diese Geschichte meine ich nicht.«

»Was für eine Geschichte kennst du denn sonst über mich?«

Sie wollte der alten Frau sagen, sie solle sie in Ruhe lassen, sie solle verschwinden und auf Jagd gehen, ihre Lieblingsbeschäftigung. Aber schließlich war Alter Talg eine ältere Verwandte, und Mama hatte immer darauf bestanden, dass Omakayas zu den Älteren so höflich wie möglich war. Deshalb beschloss sie so zu tun, als würde sie Alter Talg zuhören.

»Als du ganz klein warst«, begann Alter Talg.

»Was soll das heißen, als ich ganz klein war?« Omakayas hatte versucht sich zu benehmen, doch jetzt platzte der Ärger aus ihr heraus. »Da war ich bei Mama, nicht bei dir, sie hat mich im Arm gehalten, gefüttert, angezogen und all das. Was weißt du schon? Was gibt's da noch zu sagen?«

Alter Talg atmete tief ein, sie schielte fast vor Wut, doch sie beherrschte sich.

»Du hast überhaupt keinen Grund, so unverschämt zu werden, und wenn du noch so traurig bist. So respektlos kannst du nicht mit mir reden.«

Omakayas spürte, wie sich ihr vor Schreck und Scham die Kehle zusammenschnürte. Am liebsten hätte sie geweint. Warum benahm sie sich so?

»Schon gut, es tut mir ja Leid«, sagte sie jetzt in milderem Ton. »Was willst du mir erzählen?«

»Hast du nie darüber nachgedacht«, sagte Alter Talg, leicht gereizt darüber, dass Omakayas ein so schwieriges Mädchen geworden war, »ist es dir nie in den Sinn gekommen, dich zu fragen, warum du die Krankheit des Chimookoman nicht bekommen hast?«

»Du hast sie doch auch nicht gekriegt«, sagte Omakayas störrisch.

»Ich werde nie krank«, sagte Alter Talg.

»Nokomis hatte auch nichts.«

»Deine Großmutter hatte die Pocken schon gehabt.«
Omakayas fiel das kleine weiße Grübchen auf der
Wange ihrer Großmutter ein. Trotzdem war sie überrascht zu hören, dass auch Nokomis an der Krankheit
gelitten hatte.

Sie überlegte einen Moment, dann wurde ihre Neugier zu groß.

»Was ist also mit mir?«, fragte sie so barsch wie Alter
Talg selbst.

»Du auch.«

»Was ich auch?«

»Auch du hattest die Kratzkrankheit.«

Ein Gefühl von Panik wallte in Omakayas auf. Sie
wünschte, sie könnte es mit einem Lachen verscheuchen.

»Das kann doch gar nicht sein!«

»Du kannst dich nicht mehr richtig daran erinnern.
Du warst noch ein Baby.«

»Und wieso hat Mama sie damals nicht auch gekriegt?
Wieso ist Mama erst diesmal krank geworden?«

»Weil«, sagte Alter Talg, »du damals nicht bei deiner
Mutter warst.«

Jetzt wollte Omakayas das Gespräch beenden. Sie
spürte es genau. Da war etwas anderes, etwas Tiefe-
res und Größeres, das auf sie zukam, etwas, das sie
nicht wissen wollte. Am liebsten hätte sie die nächste

Frage nicht gestellt, doch die Neugier war zu groß.
Sie merkte, wie ihre Stimme höher wurde.

»Wo war ich denn dann?«

»Auf einer anderen Insel«, sagte Alter Talg. Ihre
Stimme war streng, doch in ihrem Blick lag ein
Schmerz, den Omakayas nie zuvor gesehen hatte.
»Auf einer Insel namens Spirit Island, auf der alle
außer dir an der Kratzkrankheit gestorben sind – du
warst die Zäheste, die Kleinste, und du hast sie alle
überlebt.« Alter Talg lächelte ein freudloses, grim-
miges Lächeln. »Danach hätte dich um ein Haar der
Hunger geholt, aber ich hab dem gierigen alten Totenkopf ein Schnippchen geschlagen. Ich hab dich
mit Kaninchenbrühe gefüttert. Hab dich mit zu mir
genommen. Da warst du noch keine zwei Winter alt,
mein Mädchen. Du hattest noch keine Worte und
keine Erinnerung.«

Omakayas versuchte zu erfassen, was sie da hörte. Ihr
Herz stürzte in die Finsternis, und sie war unfähig
zu sprechen. Jetzt war die Grenze überschritten. Sie
musste alles wissen.

»Mama, Deydey, Nokomis?«

»Sie haben dich als Tochter angenommen und dich
wie ihre eigene Tochter geliebt. Du bist ihnen eine
Tochter und deinem Bruder und Angeline eine
Schwester.«

»Und du? Warum hast du mich weggegeben?«, platzte es aus Omakayas heraus.

Alter Talg wandte den Blick ab und starrte in die Ferne. »Sei froh, dass ich das getan hab! Was wär das für ein Leben gewesen mit einer alten Bärenjägerin wie Alter Talg? Keiner ist je bei Alter Talg geblieben. Sie verschreckt sie alle.«

Eine lange, lange Zeit saßen die beiden am Feuer. Über ihnen und um sie herum braute sich die Dunkelheit zusammen. Alter Talg machte Anstalten zu gehen, doch Omakayas sagte mit fremder, hohler, kleiner Stimme: »*Daga*, bitte geh nicht.«

Im Innern wusste sie, dass sie noch etwas fragen musste. Etwas über diese Geschichte, die einerseits unglaublich und andererseits plötzlich auch ganz einleuchtend erschien. Doch sie konnte die Frage nicht in Worte fassen. Alter Talg sprach weiter.

»Ich weiß jetzt, weshalb du zu Gelber Kessel, zu der alten Frau, zu deinem Deydey und deinen Geschwistern geschickt wurdest«, sagte sie. Sie fasste in ihr zerlumptes Kleid und tastete nach ihrer Pfeife, als ihr einfiel, dass sie keinen Tabak mehr hatte. Nervös spreizte sie die Finger im Schoß.

»Du bist hergeschickt worden, um die anderen zu retten«, sagte sie. »Weil du die Krankheit schon gehabt hattest, warst du stark genug, um die anderen zu pflegen. Sie haben eine gute Tat getan, als sie dich aufgenommen haben, und du hast ihnen dafür das Leben gerettet. Als ich dich gefunden habe, war das der Anfang eines Kreises, der sich nun geschlossen hat.«

Jetzt wusste Omakayas, welche Frage sie stellen musste. Sie holte tief Luft und fragte geradeheraus: »Mich gefunden? Wie hast du mich gefunden? Wie konntest du wissen, dass es mich gab, wenn du nicht auch auf dieser Insel warst? Wenn du die Krankheit nicht auch überlebt hattest?«

Jetzt blieb Alter Talg stumm, und in ihrem grüblerischen Schweigen lag ein gewisser Unwille, etwas, das sie verbergen wollte. Doch schließlich zuckte sie die Schultern und sagte es einfach.

»Da war ein Kanu mit Männern, und mein Mann, Hut, war einer von ihnen. Sie kamen an Spirit Island vorbei. Haben die Toten gesehen. Und dich.«

»Die haben mich also mitgenommen?«

»Nein«, sagte Alter Talg nur.

»Sie haben mich gesehen«, sagte Omakayas, um sich zu vergewissern, dass sie es richtig verstanden hatte, »aber sie haben mich nicht gerettet?«

Alter Talg schüttelte in der Dämmerung den Kopf. Dann schüttelte sie sich wie einer ihrer Hunde.

»*Hiyn!* Mein Mann Hut war ein törichter Feigling. Ich wollte ihm sowieso die Sachen vor die Tür stellen.

Und als er mir dann erzählte, dass er und die anderen Männer dich gesehen hatten und weitergepaddelt waren! Dass sie dich zurückgelassen hatten!« Alter Talgs Stimme klang jetzt wütend. »Ich hab ihn weggeschickt. ›Lass dich nie mehr bei mir blicken!‹, hab ich zu ihm gesagt. Dann hab ich mein Kanu genommen und bin zu der Insel übergesetzt.«

Die noch winterlichen Bäume klapperten mit den Zweigen, knackten und stöhnten. Mit der Dämmerung kam auf der Insel oft Wind auf. Omakayas konnte nachfühlen, wie es für das Baby, für sie selbst, gewesen sein musste, ganz allein mit den Toten, mit ihrer Mutter zu sein, nacheinander ihre Lieben abzuschreiten, als ginge sie von Stein zu Stein. Im tiefsten Innern hatte sie eine verschwommene Erinnerung.

»Es war Frühling«, sagte sie leise. »*Zeegwun.*«

»*Owah!*«, rief Alter Talg überrascht und sah sie prüfend an. »Du erinnerst dich!«

»Die Vögel«, sagte Omakayas, »ich erinnere mich an die Vögel, an ihren Gesang.«

»*Owah!*«, sagte Alter Talg aufgeregt. »Das hatte ich selbst ganz vergessen. Auf dieser Insel waren Vögel, die so schön sangen und so laut! Zu klein, um sie zu essen. Kleine Vögel mit weißen Kehlen, liebliche Frühlingsgesänge. Mein Mädchen, du erinnerst dich an sie!«

»Sie haben mich am Leben gehalten«, sagte Omakayas. Sie sagte es zu sich selbst, ohne dass sie ihre eigenen Worte richtig verstand. »Ich erinnere mich an ihren Gesang, weil er mir ein Trost war, ein Wiegenlied. Sie waren es, die mich am Leben gehalten haben.«

Durchdringende Frühlingsmusik weckte Omakayas. Es war Morgen, und es war dasselbe Lied, das sie vor langer, langer Zeit auf der anderen Insel gehört hatte. An diesem Morgen hörte sie, wie die Weißkehlammern in einem Baum nah an ihrem Haus saßen und sich etwas zuriefen.

»Wo gehst du hin?«, fragte Angeline verschlafen.

»Nach draußen«, sagte Omakayas.

»Grrrm«, machte Grapsch, als sie über ihn hinwegstieg und hinaus in die frische Morgendämmerung ging.

Die Sonne spähte gerade so eben übers Wasser, ihr Licht flackerte und wurde heller. Überall um Omakayas herum erklangen die Stimmen Hunderter Weißkehlammern. Fröhlich und lieblich sangen sie in der milden Frühlingsluft, als wollten sie Omakayas an dem ersten Morgen ihres Lebens, da sie die Wahrheit über ihre Vergangenheit wusste, Gesellschaft leisten. Sie war das Mädchen von Spirit Island. Sie wohnte in einem Haus aus Birkenrinde. Dies war der erste Tag einer Reise, auf der sie die Wahrheit über ihre Zukunft herausfinden würde, darüber, wer sie war. Mit ihrem unermüdlichen Gesang verrieten die kleinen Vögel ihr noch mehr. Ihr feines Lied tanzte um sie herum und lief in Wellen durch die kahlen Bäume.

Omakayas ging dorthin, wo ihre Musik am kräftigsten erklang, und dann legte sie sich, den Kopf auf einen umgestürzten Baum gestützt, auf eine warme Grasfläche in die Sonne. Die Vögel, die ganze Erde, der erwartungsvolle Wald schienen zu wollen, dass sie etwas verstand. Sie wusste nicht, was es war, und es spielte auch keine Rolle. Schläfrig pfiff sie mit den kleinen Ammern mit. Inga biebiebie. Inganbiebiebie. So tapfer klangen diese süßen, winzigen, kraftvollen Töne. Immer wieder riefen die Vögel in die kalte Morgenluft, und ganz plötzlich hörte Omakayas in ihren Stimmen etwas Neues.

Sie hörte Neewo.

Sie hörte ihren kleinen Bruder, als ob er immer noch auf dieser Welt lebte. Sie hörte, wie er ihr sagte, sie solle wieder fröhlich sein und leben. Mir geht es gut, sagte seine Stimme, *ich bin an einem friedlichen Ort. Du kannst dich auf mich verlassen. Ich werde dir immer helfen, meine Schwester.* Omakayas verschränkte die Arme hinter dem Kopf, lehnte sich zurück, schloss die Augen und lächelte, als das Lied der Weißkehlammer wieder und wieder durch die Luft tanzte, auf und nieder wie eine glänzende Nadel, und ihr gebrochenes Herz vernähte.

ANMERKUNGEN DER AUTORIN ZUR SPRACHE DER OJIBWA

Ojibwa war ursprünglich keine geschriebene, sondern eine gesprochene Sprache, deshalb gibt es oft unterschiedliche Schreibweisen. Außerdem gibt es viele, viele Ojibwa-Dialekte. Für mögliche Fehler bitte ich um Entschuldigung. All jenen, die sich intensiver mit der Sprache der Ojibwa beschäftigen möchten, empfehle ich *A Concise Dictionary of Minnesota Ojibwa*, herausgegeben von John D. Nicols und Earl Nyholm, außerdem das *Oshkaabewis Native Journal*, herausgegeben von Anton Treuer, und das Lehrangebot, das Dennis Jones an der University of Minnesota entwickelt hat.

ANHANG

ADISOKAAN: eine traditionelle Geschichte, die erklären kann, wie man als Ojibwa lebt

AHNEEN: ein Gruß, manchmal in Form einer Frage

AKEENG: die Erde

AMIK: Biber

ANISHAA: ein vielschichtiges Wort, das am Anfang eines Gebets steht; es drückt Bescheidenheit gegenüber der geheimnisvollen Größe der Schöpfung aus

ANISHINABE: der ursprüngliche Name der Ojibwa oder Chippewa, amerikanische Ureinwohner, die vor allem in den nördlichen Waldregionen Nordamerikas beheimatet waren. Derzeit gibt es Ojibwa-Reservate in Michigan, Wisconsin, Minnesota, North Dakota, Ontario, Manitoba, Montana und Saskatchewan.

ANISHINABEG: Plural von Anishinabe

APITCHI: Rotkehlchen

ASEMA: übliche Sorte Tabak, eine der vier heiligsten Pflanzen der Ojibwa

ASHAAGESHINH: Flusskrebs

AWAUSESEE: Der Katzenwels-Clan, eine Gruppe innerhalb des Stamms der Ojibwa. Andere Clans haben als Totemtiere Migizi (Adler), Mahingan (Wolf), Mahng (Seetaucher) und Mukwah (Bär)

AYAH: ja

BEKAYAAN: Sei still!

BIBOON: Winter

BOONI: Lass das!

BOOZHOO: ein Gruß, der den großen Lehrer der Ojibwa, Nanabozho, beschwört

BWAANUG: die Dakota und Lakota, ein Indianerstamm, dessen Reservate sich über die Great Plains erstrecken

CHIMOOKOMAN: Das Wort bedeutet »großes Messer« und bezeichnet Weiße oder Nicht-Indianer

CHIMOOKOMANUG: Plural von Chimookoman

DAGA: bitte

DAGWAGING: Herbst

DEYDEY: Papa

GAWEEN: nein

GAWEEN ONJIDAH: Das wollte ich nicht!

GAYGAY NEEN: Ich auch!

GAYGO: Ausruf mit der Bedeutung »Lass das!«

GEGET: bestimmt, wirklich (zur Betonung)

GEGET CHIWOHNINGEYZ: Gut gemacht!

HIYN: Ausruf, der Ärger oder Mitgefühl ausdrückt:
»Wie schrecklich!«

HOWAH: anerkennender Laut

KINNIKINNICK: bestimmte Mischung zum Rauchen aus der inneren Rinde des Hartriegels, die
manchmal mit gewöhnlichem Tabak gemischt
wird

MAKUK: Gefäß aus Birkenrinde, die dafür gefaltet
und häufig mit Lindenfasern zusammengenäht wird.

Die Ojibwa benutzen diese Gefäße auch heute noch, vor allem bei traditionellen Festen.

MANIDOMINENZ: winzige Perlen; das Wort bedeutet »kleine Samen der Geister«

MANITUS: Geister; Wesen, die in der Welt der Ojibwa leben und sich oft in Träumen mitteilen

MANOMIN: Wildreis; das Wort bedeutet »das gute Korn«

MAYWIZAH: vor langer Zeit

MEGWETCH: danke

MIDEWIWIN: religiöse Versammlungen

MINO AYA SANA: Ich wünsche dir gute Gesundheit.

MINOPOGWUD: Köstlich!

MOKASSINS: Schuhe aus gegerbter Elch- oder Hirschhaut, die oft mit Perlen und/oder Fell verziert werden

MONINGWANAYKANING: Insel des Goldbrustspechts, auch bekannt als Madeline Island. Größte Insel der Apostle Islands im südlichen Lake Superior, geistige Heimat der Anishinabeg

MUKWAH: Bär

N'DAI: mein Hund, mein Pferd

NANABOZHO: der große Lehrer der Ojibwa, der ihnen mit seiner komischen menschlichen Seite etwas beibrachte, oft indem er lustige Fehler beging

NEEBIN: Sommer

NESHEMAY: kleine Schwester oder kleiner Bruder

NESHKEY: Guck mal!

NINDINAWEYMAGANIDOK: meine Verwandten

NINOONDE WESIN: Ich habe Hunger.

NOKOMIS: Großmutter

ODAEMIN: Erdbeeren

OGEMA: Königin

OMBAY: Komm!

ONAGUN: Schale aus Birkenrinde

OWAH: Ausruf des Erschreckens oder Erstaunens, »oh!«

PAKUKS: Kinderskelette, die durch die Luft fliegen

PIKWAYZHIGUN: Brot; wörtlich »Geschnittenes«

POCKEN: Im Jahr 1847 brachen bei den Ojibwa-Indianern die Pocken aus; erst danach wurde vom Festland ein Impfstoff eingeführt, der vor dieser tödlichen Krankheit schützte.

TIKINAGUN: eine Kindertrage aus leichtem Holz mit einer Fußstütze am einen Ende und einem Bügel am anderen. In Tücher, Decken und Felle gewickelt, wird das Baby in den Tikinagun gepackt. Der Tikinagun kann auf dem Rücken getragen, an einen Baum oder eine Wand gelehnt oder an einen Ast gehängt werden. An den Bügel hängt man in Kopfnähe des Babys kleines Spielzeug wie Muscheln, Traumfänger oder Teile aus Birkenrinde mit eingeritzten Mustern.

TOBOGGAN: ein kufenloser Schlitten, der aus mehreren zusammengebundenen, vorne hochgebogenen, meist mit Fell überzogenen Brettern besteht

VOYAGEURE: Angestellte der Pelzhandelsgesellschaften. Mit Kanus transportierten sie Männer und Güter zu abgelegenen Handelsstationen

WABOOSE: Kaninchen

WAKAIGUN: Haus

WEEDOOKAOW: Hilf!

WEENDAMAWASHIN: Erzähl!

WIGWAM: ein kuppelförmiges Haus aus Birkenrinde

WINDIGO: in den Lehren der Ojibwa ein riesiges Ungeheuer, das oft aus Eis besteht und mit den Gefahren und der Hungersnot des tiefen Winters verbunden ist

WISIKODEWININI: wörtlich »halb verbranntes Holz«, bezeichnet Anishinabeg-Mischlinge (mit weißem Blut)

ZEEGWUN: Frühling

ZHAGANASHIMOWIN: die Sprache des weißen Mannes. Gemeint ist hier die englische Sprache, wie sie von katholischen und protestantischen Missionaren gelehrt wurde.

ANDEGS SCHNABEL ZEIGT
AUF EINE KARTE MIT
DER UMGEBUNG DER INSEL
MONINGWANAYKANING.
MIT EINEM FUSS ZEIGT
ANDEG AUF OLD LAPOINTE,
WO OMAKAYAS UND IHRE
FAMILIE UM 1847 LEBEN.

ZUM WALD MIT DEN
AHORNBÄUMEN, DIE JEDES
JAHR IM FRÜHLING
ANGEZAPFT WERDEN,
UM SIRUP UND ZUCKER
ZU GEWINNEN

HIER LEBT DIE REIZENDE
ZEHN SCHNEE MIT FISCHSCHWANZ

DER ANLEGEPLATZ, WO DEYDEY MIT
SEINEM KANU ANKOMMT, UND DER
HANDELSSTÜTZPUNKT, WO ER SEINEN
SIEG IM SCHACH FEIERT

ALTER TALGS
HÜTTE

TANTE BISAMS
HÜTTE

DIE MISSIONS-
SCHULE, IN DER
FISCHSCHWANZ
LESEN UND
SCHREIBEN LERNT

DIE WINTER-
HÜTTE

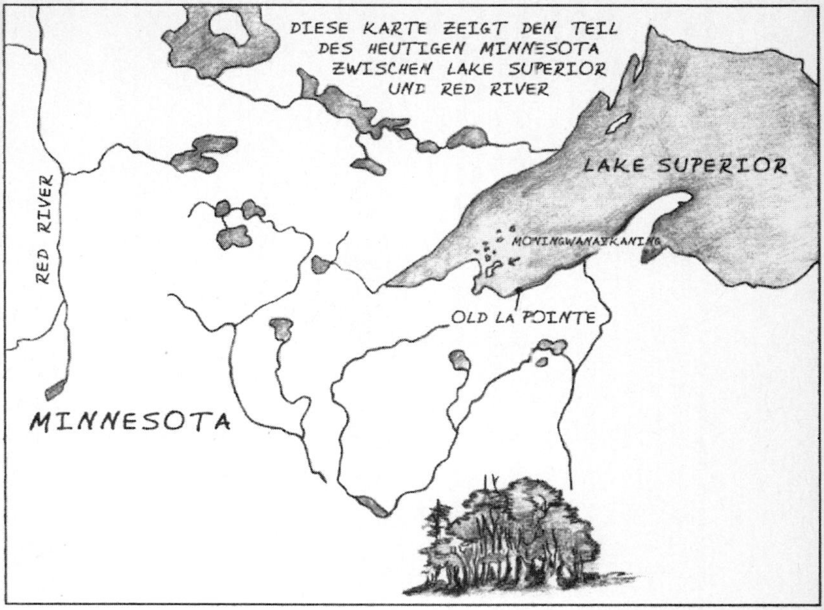

DIESE KARTE ZEIGT DEN TEIL
DES HEUTIGEN MINNESOTA
ZWISCHEN LAKE SUPERIOR
UND RED RIVER

LAKE SUPERIOR

RED RIVER

MONINGWANAYKANING

OLD LA POINTE

MINNESOTA

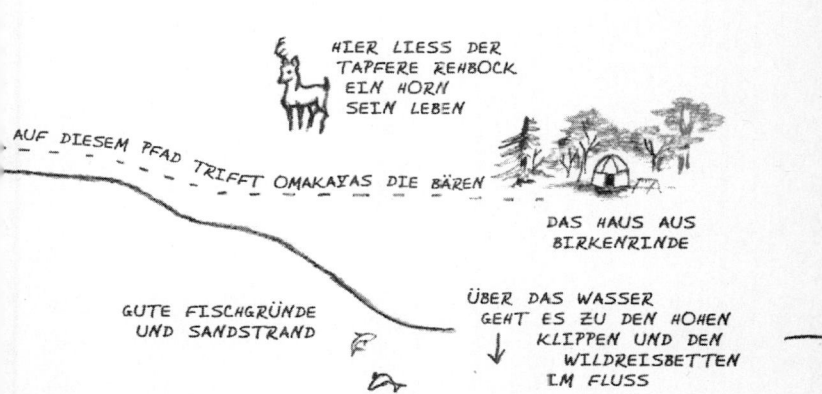

HIER LIESS DER
TAPFERE REHBOCK
EIN HORN
SEIN LEBEN

AUF DIESEM PFAD TRIFFT OMAKAYAS DIE BÄREN

DAS HAUS AUS
BIRKENRINDE

GUTE FISCHGRÜNDE
UND SANDSTRAND

ÜBER DAS WASSER
GEHT ES ZU DEN HOHEN
KLIPPEN UND DEN
WILDREISBETTEN
IM FLUSS

Foto: Armin Smalcovic

Alexa Hennig von Lange
Ich habe einfach Glück

«Alexa Hennig von Lange – die Antwort der Literatur auf die Spice Girls.» Die Zeit

Arthur und Lelle sind auf der Suche nach Lelles Schwester Cotsch. Lelle ist fünfzehn, Cotsch siebzehn, und Lelles Vater hält Arthur für einen Stricher. Aber ihr Papa kennt sich mit den Menschen nicht besonders aus: mit Arthur nicht und schon gar nicht mit Cotsch. Ihren Brief, in dem sie ihm mal richtig die Meinung sagt, hat er ungeöffnet weggelegt. «Papa hat mein Leben zerstört», erklärt Cotsch. Und jetzt ist sie weg ...

Alexa Hennig von Langes dritter Roman ist eine abenteuerliche Geschichte über das Erwachsenwerden, traurig und fröhlich – und manchmal auch schockierend.

Bereits mit ihrem Debüt «Relax» (rororo 22494) sorgte die in Berlin lebende Autorin für Aufsehen – sowohl in der literarischen Szene als auch bei ihrem jugendlichen Publikum, die gleichermaßen von dem ungeschminkten Stil wie den zeitgemäßen Themen der 1973 geborenen Alexa Hennig von Lange begeistert waren.

«Ich habe einfach Glück» wurde mit dem Deutschen Jugendliteratur Preis 2002 ausgezeichnet.

3-499-21249-3

Illustration: Aljoscha Blau

Valentine Ermatinger

Geheimnisvolle Geschichten, spannend bis zur letzten Seite

Die 13. Prophezeiung
3-499-20537-8
An der Burgruine machen Bauarbeiter einen merkwürdigen Fund: ein Buch aus dem Mittelalter mit dreizehn Prophezeiungen, von denen sich zwölf bereits erfüllt haben ...

Die letzte Chance
Das Ende der 13. Prophezeiung
3-499-20686-2
Die gesamte Menschheit ist vor der Roten Pest auf den Mond geflüchtet. Nur zwei Kinder sind auf der ausgestorbenen Erde zurückgeblieben. Da tauchen plötzlich die Mumpels auf – hochintelligente Drachenmenschen. Wird es mit ihrer Hilfe gelingen, die Menschheit zu retten? Die spannende Fortsetzung von «Die 13. Prophezeiung» erzählt von einer ungewöhnlichen Freundschaft und einem großen Geheimnis.

Das Rätsel der drei Schläfer
Ein fremder Junge taucht mit seinem seltsamen U-Boot in Mandar auf. Bedeutet er die Rettung vor dem drohenden Krieg? Severin, Tim und Tinka begeben sich gemeinsam mit ihm auf eine gefährliche Reise ...

3-499-21232-3